コンフィデンスマンJP

プリンセス編

脚本／古沢良太　小説／山本幸久

ポプラ文庫

コンフィデンスマンＪＰ　プリンセス編

1

カキィイン。

イイ音だ。コックリはこの音が好きだ。金属バットでボールを打ったときの音だ。打ったあとに両手がじんじんするのも好きだった。自分が生きていると感じるからだ。バットを構え直す。長袖シャツに七分丈《しちぶたけ》のパンツ、そしてリュックサックを背負ったままだった。中に入っているのはスマートフォンとミミオだけだ。ミミオはウサギのぬいぐるみである。ずっと昔、忘れてしまった幼い頃から十六歳の今日まですっといっしょだ。

つぎのボールが飛んできた。いまだっ。バットを振ろうとしたそのときだ。

「オネーチャン、ひとりぃぃ？」

げげっ。

背後からの声にビビってしまい、バットを僅《わず》かに振り遅れてしまった。おかげで空振りこそしないまでも、ボールの芯を捉えることができず、擦《こす》っただけだった。イイ音は鳴らないし、ボールはあさっての方向へ飛んでいってしまう。

一球いくらだと思っているんだ、チクショーめっ。こちとら昼メシ我慢して、なけなしの金をはたいているんだからな。

なんて言えやしない。無視するのが精一杯だ。

「オネーチャン、いくつぅ？」「未成年？」「JKだよね」「こんな時間、ガッコーさぼってなにやってんの？」「俺達とどっかイイとこ、遊びいこーよ」

なんてこった。ひとりじゃないのか。

カキィイン。

よし、ウマくいった。でもどうしよう。残り三球だ。ぜんぶ打ちおわったあと、ヤツらに絡まれるかもしれない。

ここは歌舞伎町《かぶきちょう》のバッティングセンターだ。コックリはうんざりしてきた。

いる。必ず日中にきて、長居はしない。一回三百円で、二十六球打ったらさっさと帰る。十二歳の頃から通っていて、幸いにして嫌な目にあったことはほとんどない。

油断していたのがマズかったのかもしれない。

「オネーチャン、俺達の話、聞こえてんだろ」「シカトしてんのか、おらっ」「ちょっと可愛いからって、調子こいてんじゃねぇぞ」「可愛くねぇよ、ブスだよブス、死ねブスッ」

ヒドい。あんまりだ。

でもこれくらいの仕打ちでへこたれていたら、歌舞伎町で生きていくことはできない。

カキィイン。

ナイスバッティング。自分自身を褒《ほ》める。気持ちが落ち着いてきた証拠である。背後の野次《やじ》はさらに激しくなり、聞くに堪《た》えない下品な言葉を投げかけてきた。でも気にならない。あと二球、打ちおえて表にでたら、金属バットを振り回して、追いかけてやるんだとコックリは心に決めた。

おまえらなんかに負けるものか。

カキィイン。

「おいっ」野太い声にコックリはビクリとした。打ったあとでよかったと思う。「ウチの娘になんの用だ?」

「え」「あっ」「いやあの」

「ブスって言うのが聞こえたが、まさかウチの娘のことじゃないだろうな」野太い声に迫力が増す。

「ち、ちがいます」「とんでもない」「俺達は三人で話をしていただけでありまして」

野次っていた男達の声が震えていた。いくらなんでもビビり過ぎだ。あんなに息巻いていたのだ、少しは歯向かえよとコックリは苦笑する。

「話をするならべつの場所へいけ。そこにいたら邪魔だってことくらい、わからないのか」

「す、すみません」「ごめんなさい」「失礼します」

カキィイン。

「ナイスバッティングッ」

今度、褒めてくれたのは野太い声だった。振りむくと、そこにコーチがいた。コーチはコーチだ。名前は知らない。年齢はよくわからない。たぶん五十歳前後だろう。オジサンだが顎《あご》に肉は付いていないし、お腹もでていない。なかなかスマートな体型だ。はじめて会ったのは四年ほど前だったと思う。隣の打席から彼が話しかけてきたのだ。

構えたときから、ずっと脇を締めていたら駄目だ、打つ瞬間にだけ脇を締めればいい、そうすればより強い打球が打てる。

試しにそのとおりにやってみたところ、ボールがバットに当たるようになった。以来、会う度になにかしら助言してくれるので、コーチと呼んでいる。

会う度といっても、待ち合わせなどしたことはなかった。いつも偶然だ。二日連続で会うときもあれば、四ヶ月以上会わないときもある。今回もだいぶひさしぶりだ。バッティングセンター以外では口をきいたことはない。何度かコーチが歌舞伎町を歩いているのを見かけたことがあるにはあった。でもけっしてコックリは話しかけなかった。コーチもコックリに気づいても、素知らぬ顔をしていた。

「もうオシマイか」コーチが隣の打席に入る。コックリも自分の名前を教えていないのだ。

「はい」

「ボール代、奢《おご》るからもう少しやってかないか。フォーム、見てやってもいいぞ」

「いいんですか」

「ああ」コーチはいつもぶっきらぼうだ。コックリの顔を見ようともしない。「なんだったらどうだ、ストラックアウトで勝負でもするか」

「やりましょ。負けたほうがアイス、奢るっていうのでどうですか」コックリは即答した。バッティングセンターの中にはアイスの自販機があるのだ。

「いいだろ」コーチの口角《こうかく》が微《かす》かにあがった。


キレイだな。

無造作に伸ばした髪をかきあげ、コックリは歌舞伎町の街並を見下ろしながら思う。陽が沈み、夜の帳《とばり》が下りた今、目にも鮮やかな色とりどりの電飾が、居並ぶビルを彩っている。まるでこの街に集《つど》う欲望を剝きだしにしているかのようだ。どぎつい原色の光が、コックリの気持ちを不思議と落ち着かせた。

ビルの隙間にゴジラがいた。五年ほど前に突如、あらわれた、映画館の上のどでかいオブジェである。コックリとおなじように歌舞伎町を見下ろしていた。

コックリがいまいるのは、バッティングセンターにほど近い雑居ビルの五階だ。いや、正しくは四階半か。外付けの非常階段の踊り場に座っていた。床にぺったり座って、柵のあいだから足をだした状態で、コーチからまんまとせしめたアイスを食べていたところだ。胸にはリュックサックからだしたミミオを抱え持っている。

ストラックアウトは縦三つ横三つ、ぜんぶで九つの的にボールを当てていく。コックリは二十六球のうち、八つ当てることができた。コーチは惜しくも七つだった。その悔しがりようといったらなかった。自分に腹を立てているみたいだった。ともかく約束通り、アイスは買ってくれた。しかもバッティングセンターからは、七つ以上当てたので賞品として無料券がもらえた。コーチも、コックリに負けたとはいえ、七つ当てたのでもらっていた。しかし自分の中で納得いかなかったのか、「ほら」とコックリにくれた。

ここはコックリにとって秘密の場所だ。夕暮れ時に訪れ、ヤマンバの呼びだしがあるまで、歌舞伎町を眺めるのが日課なのだ。いつきてもだれもいないし、見つかったこともない。ところがだ。頭上で非常口のドアが開く音がした。さらに足音も聞こえてくる。コックリは投げだした足を引っ込め、身体を小さく丸めた。お腹と二本の脚のあいだで、ミミオがぺったんこになってしまう。

ちょっとだけ我慢してね。

「で？　欲望にまみれたオサカナのご機嫌は？」

「クラブで接待漬けになって上機嫌よ。エサは？」

「パンパカパァァン。世界から花粉症をなくす夢の新薬。その名もカフンナクース」

「そのまんまやねん」

女のひとふたりだ。漫才の稽古《けいこ》でもしているのか。

「じゃ、釣りあげましょうか。製薬業界のドンを」

「ダー子と」「スタアの」

「夢のスーパータッグで」

やはり漫才コンビのようだ。どんなひと達か気になる。できれば顔を拝《おが》みたい。たまたま階下からあがってきたフリをすればいい。コックリはすっくと立ち上がる。そして階段をのぼりかけたものの遅かった。ダー子とスタアはビルに入ってしまったのだ。見えたのは、ふたりの脚だけである。諦めずにあとを追おうとしたときだ。ポケットでスマートフォンが震えた。ヤマンバからの呼びだしにちがいない。


コックリはあだ名だ。

ひとになにを言われても、コックリコックリ頷いてばかりいるからだ。ほんとの名前は、こころだ。お母さんが付けてくれた。でもお母さんはもういない。十年ほど前に病死してしまったのだ。まだ六歳だったコックリは、親戚や知りあいをたらい回しにされ、行き着いたところがヤマンバだった。

ヤマンバの悪い噂を耳にするまで、さほど時間はかからなかった。彼女は年端《としは》もいかぬ子どもを引き取っては、犯罪の片棒を担がせ、裏社会へ売り払っていたのだ。もちろんコックリもそうなる運命にちがいなかった。なにせ学校にいかせてもらえず、まともな教育を受けることもなく、代わりにヤマンバの暴力を受けまくる日々なのだ。身体中アザだらけ、ところどころ煙草《たばこ》による火傷《やけど》もあった。

コックリコックリ頷いてばかりだが、コックリは我《が》が強く、ヤマンバの指示に従わないことも多かった。いちばん抵抗したのは、身体《からだ》を売る商売をさせられそうになったときである。これまでも何度となくあった。その度《たび》に抵抗し、暴れまくった。男とふたりきりにさせられ、逃げだしたことだってある。強面《こわもて》でガタイがいい、背中にもんもんを背負った、明らかにその筋のオジサンを相手取り、立ち回りを演じたこともあった。音《ね》を上げたオジサンには、いっそウチの組に入らないかと言われたくらいだ。

この手の商売をコックリにさせるのを、ヤマンバは諦めてはいないものの、しばらく間をおくことにしたらしい。ここ最近はスリの手伝いをさせられていた。

今夜もそうだった。

非常階段を下りて、ヤマンバの許へむかう。彼女はいつもどおりケバケバしい服に身を包み、自販機の陰に隠れて、オペラグラスを目に当てていた。カモをさがしているのだ。よその町だったら、ただの不審者である。だがそれを言ったら、薄汚れたウサギのぬいぐるみを抱え持つコックリもだいぶヤバい。

「アイツにしよう」オペラグラスを覗きこんだまま、ヤマンバは言った。「牛丼屋の前を通り過ぎたアンチャン、わかるかい。すらっと背が高いスーツ姿で、リュックサックを背負った」

　わかった。ヤマンバが選ぶカモはいつも身長百七十五センチ以上のイケメンなのだ。コックリはコックリコックリ頷く。

「いい感じに酔っ払ってて、ちょうどいいや」ヤマンバはオペラグラスを畳んで、バッグに入れる。ヴィトンの偽物だ。「アイツの財布をスリ取って、あんたに渡すからね。いい？」

　ふたたび頷くコックリを見ずに、ヤマンバはカモめがけて歩きだす。少しあいだを置いて、そのあとを追う。すると目の端に、長澤《ながさわ》まさみと竹内結子《たけうちゆうこ》が見えた。そんなはずはない。当代随一の売れっ子女優ふたりが、歌舞伎町を連れ立って歩いているなんてあり得ない。そう思っているあいだに、ふたりはコックリのそばまで近づいていた。

「あなたのせいよ」

「なに言ってるの、あなたのせいじゃない」

「私は天才薬学博士を完璧に演じました」

「はあ？　笑わせないでよ。いくら白衣《はくい》を着ているからって、ダー子は顔にインテリジェンスがないから、まるきりそうは見えないわ」

「スタアが薬品の名前を嚙みまくったのが敗因よ」

「嚙んでない」

「噛んでました。神懸かり的な噛みまくりでしたっ。なにがスタアよっ」

「あんたが勝手にそう呼んでるだけじゃないっ」

やはり長澤まさみと竹内結子ではない。いくらなんでも柄が悪過ぎる。それより、コックリには気になることがあった。ダー子とスタア。ほんの三十分前、非常階段の上にいたのは、このふたりにちがいない。噛んだ噛んでいないと言い争っているのは、やはり漫才コンビだからだろうか。しかもだ。

「もうダー子とは組まないっ」

「こっちこそ願いさげだいっ」

コンビ解散の危機？

なんて心配している場合ではなかった。ヤマンバがカモの男性にぶち当たったのだ。

「ごめんなさぁい」

「こちらこそ、すみません」

ヤマンバがコックリに近寄ってくる。彼女のほうは見ないように注意しながら手を差しだす。ヤマンバとすれちがいざまに財布を受け取らねばならない。

「あれ？」

カモの男性が立ち止まる。財布がないことが、もうバレたのだ。ヤマンバが足早になる。全身を両手でパタパタと叩きながら、アスファルトの地面を見回している。

背を向けたカモにこそ見えないが、行き交うひとにはスリたてホヤホヤの財布が丸見えだ。それを受け取ろうとしたときだ。

「あっ」ヤマンバが叫ぶ。慌てるあまりに財布が手から滑り落ちてしまったのだ。

「それ、俺の」カモの男性が気づく。

「ヤバッ」ヤマンバは一目散に逃げていく。それを横目にコックリは財布を拾い、駆けだそうとしたができなかった。カモの男性が目の前まで近づいていたのだ。手を差しだしてもいる。

「ありがと。助かったよ」

踵《きびす》を返して逃げようか。そう思っていると、カモの男性の肩越しにダー子と目があった。

逃げても無駄よ。

見れば見るほど長澤まさみにそっくりの彼女が、目でそう訴えかけているように思えて、コックリは男性に財布を返した。

「ほんとに使えないガキだねっ。いつになったらマトモに仕事ができるんだいっ。だれのおかげでメシ食えてんだよっ」

頬を引っ叩かれた。いつものことだから気にはしない。痛いことは痛い。でもヤマンバも寄る年波に勝てないのか、昔よりも力が弱っている。ふたりがいるのは雑居ビルの隙間だ。その幅は一メートルもなく、見上げればエアコンの室外機だらけだった。

「今度しくじったら、ただじゃおかないからね。わかった？」

コックリはコックリコックリ頷く。

「またそれだ。なに聞いても頷いてばかりで、気味悪いったらありゃしないよ。それに前にも言ったろ、その薄汚いぬいぐるみ、いい加減捨てろって。なんで言うことを聞かないんだ」

ヤマンバが両手を伸ばしてくる。ミミオを奪い取るつもりだ。冗談ではない。身体を丸めてミミオを庇《かば》う。

「あたしに逆らおうっていうのかい、百年早いんだよ」

ヤマンバが手を振り上げた。殴られるのは慣れっこだ。ミミオを奪われるよりずっとマシである。甘んじて受けよう。コックリは瞼《まぶた》を閉じた。ところがどこも殴られない。代わりにヤマンバの小さな悲鳴が聞こえた。

「痛たたったたた」

ヤマンバもこの町で好き勝手できやしない。警察に職務質問を受け、しょっぴかれるのはまだマシなほうで、地元の暴力団に脅され、みかじめ料を要求されることもあれば、あらゆる闇金融に金を返せと追い回されることも珍しくない。コックリもちょくちょく巻き添えを食う。恐る恐る瞼を開くと、ヤマンバの背後に長澤まさみがいた。ちがう。このひとは。

「ダダダダ、ダー子？」

「おひさしぶりね、ヤマンバ」

え？　ふたりは知り合いだってこと？

ダー子はヤマンバの右腕を摑み、背中に回して、その動きを制しているらしい。

「この女の子、だれ？」

「ウメって覚えてないかい。ハニートラップを仕掛ける度に、カモを本気で好きになっちゃう三流詐欺師《さぎし》」

「お人好しのウメね。十年ほど前に病気で亡くなったって聞いてたけど。まさかウメの娘？」

「そのとおり。行き場がないんで、あたしが面倒見てやってるんだ」

「そのうちどこぞの変態親父に高値で売りつけるつもりなんでしょ」

「できたらそうしたいところだけどね」ヤマンバはあっさり認めた。「言うこと聞かなくて困ってんだよ。水商売ひとつ満足にできやしないんで、チンケな仕事の手伝いさせているんだけど、それさえロクにできやしない」

「さっきのはヤマンバが悪いよ。スリ取った財布を落とすなんてどうかしてる。いや、それ以前にスリ取った段階で、カモに気づかれてたしね」

「スリは本業じゃないんだ」ヤマンバが不服そうに言う。「食ってけないから仕方なくやってるだけさ」

「だったらこうしない？」

「ウマい儲け話でもあるのかい？」

「ちがうよ。その子、貸してほしいんだ」

「コックリを？」

「それ相応のお金は払う」

「それ相応以上に払ってくれれば、一生貸してあげてもいいさ」

　ダー子が金額を提示した。ヤマンバは口元を緩ませながらも、「もう一声っ」と言った。ダー子は躊躇うことなく、元の三倍の額を提示する。ヤマンバがあんぐり口をあけた。コックリもだ。自分のために高級車一台分のお金をだそうというのである。どうかしているとしか思えない。

「わかった」ヤマンバはニヤニヤが止まらない。「その額で手を打とうじゃないの」

「それじゃあ」ダー子はヤマンバの腕を放す。そして肩から提げたバッグを開き、その中に手を入れた。拳銃をだして、ヤマンバを撃ち殺してくれるのか。ちがった。バッグからでてきたのはスマートフォンだった。「振込先を教えてちょうだい。いますぐネットで振り込んであげる。そうだ。よかったらこれ、あげる」

　ダー子の手にはスマートフォンの他に、紫色の小瓶があった。

「なにそれ？」

「世界から花粉症をなくす夢の新薬。その名もカフンナクース」

「ははは」ヤマンバは笑った。「まさかそんなのエサにして、オサカナを釣ろうとしたの」

「まさか」と言いながらも、ダー子の顔が僅かに強張るのを、コックリは見逃さなかった。「そんなはずないでしょ」

「だよねぇ。天下のダー子さんがそんなしょぼいエサ、使いっこないもんなぁ。ははは。あ、でも記念に貰っておくわ。はは。カフンナクース？　はははっははは。ないわぁ。あり得ない。ぜったいない。ないない」

2

「ボクちゃん、いまどこ？　なんでそんなとこ、いるのさ。え？　まだヒーローショーのバイトやってたんだ。そこからなら私のところ、二時間後にはこられるよね。やあね、ふたりきりじゃないわ、リチャードもくるって。なに警戒してるのさ。それともうひとり、紹介したいひとがいるの。だれってそれは会ってのお楽しみ」

コックリを伴って歌舞伎町をでると、ダー子は靖国通《やすくにどお》りでタクシーを停めた。ふたりで乗りこんでから、ダー子は「表参道《おもてさんどう》へお願いします」と運転手に指示し、すかさずスマートフォンをだして電話をかけた。

「スタア？　知らないわよ、あんな女。めっちゃ腕が落ちててさ。なにがスタアだっつうの。そりゃ、私が付けたあだ名だけどさ。だってオサカナの前で嚙み嚙みだったのよ。そもそも世界中から花粉をなくす薬がカフンナクースって、どうかしてない？　私が決めた？　いつ？　呑みの席で？　私が酔っ払ってるときのこと、真に受けちゃ駄目でしょ。あ、運転手さん、つぎの信号の手前で停めてちょうだい」

記憶にある限り、コックリが表参道に足を踏み入れたのは、これがはじめてだった。道往《ゆ》くひとの数は歌舞伎町とおなじくらいだ。外国人の多さもである。ただし酔っ払いはほとんどいない。年齢層はこちらのほうが圧倒的に低い。コックリと変わらぬ歳の子も目立つ。そんな人混みをダー子は縫うように歩いていく。足が速いので、追いつくのがやっとだ。するとダー子は左手を差し伸べてきた。

「手ぇ繫ごうか。迷子になられちゃ困るからさ」

断る理由はない。コックリは彼女の左手を握る。ひとと手を繫ぐのはひさしぶりだ。ヤマンバに触れようものなら、気持ちが悪いと頰を引っ叩かれた。

ダー子の手は柔らかくて温かい。すべすべしていて、元気だった頃のお母さんの手みたいだと思う。ダー子の歳はいまいちわからない。三十歳前後だとすれば、お母さんが亡くなった頃とおなじだがどうだろう。

「美容院いく時間はないから、まずはこの二、三日分の服を買おう。なんかお気に入りのブランドある？」

　これにはコックリと頷けない。顔を左右に振る。

「それじゃ、私の見立てでいいかしら？　でも遠慮しないでいいから、嫌なら嫌って言うんだよ」


　一時間でショップを三軒巡ってワンピース三着、長袖シャツ二着、パンツ一本、靴下三足、靴一足、アンダーウェア上下セット五着を購入した。なにを買おうか、ダー子は頭の中で思い描いていたのかもしれない。結局、コックリは一言も嫌とは言わず、すべてを受け入れた。正直なところ、ダー子がチョイスしてくれたモノが自分に似合っているのか、よくわからなかったのだ。

　表参道からふたたびタクシーに乗ってむかった先は、歌舞伎町から滅多《めった》にでないコックリでさえ知っている高級ホテルだった。驚くべきことに、ダー子はここのスイートルームに泊まっているのではなく、住んでいるのだという。

　いったいこのひとは何者なのだろう。ヤマンバの知りあいだ、マトモなひとではあるまい。しかもお母さんがお人好しのウメで、十年も前に病死したことも知っていた。堅気《かたぎ》ではないのはたしかだ。そっくりだが、長澤まさみのはずもない。

　ホテルのロビーを抜け、エレベーターに乗りこみ、だいぶ上の階で降りて、足音がしない廊下をしばらく歩いていく。両脇にはいくつものドアが並んでおり、そのうちのひとつの前にダー子は立ち止まると、カードキーで開き、「どうぞぉぉ」と変な抑揚《よくよう》をつけて言い、コックリを招き入れた。

一見地味に見えるが、そのじつ隅々までばっちりお金をかけた、品格溢れる内装だ。こっちこっちとダー子に導かれるまま、奥へ奥へと進んでいく。そのあいだに三つの部屋を抜けていった。額に入った絵画が壁に何枚もかかっており、それなりの価値がありそうな陶磁器があらゆる場所に飾ってあった。

「はぁあ、くたびれた」いちばん奥の部屋までくると、ダー子はどでかいソファにどさりと倒れこむように座った。「コックリちゃん、お腹減ってない?」

コックリと頷く。お腹はいつも減っていた。お腹が一杯なんてことは滅多にない。

「ボクちゃんとリチャードがくる前に、なんか食べちゃおっか。パンケーキとかどう?」

またコックリと頷いた。今度は一度だけでなく二度三度と繰り返す。パンケーキなる食べ物があるのはテレビやネットで知っていた。でもまさか食べられる日が訪れるとは思ってもいなかった。コックリは自分の頬をつねる。これが夢か、確認するためだ。非常階段の踊り場で歌舞伎町を眺めているうちに、眠ってしまうことはよくあった。夢ならまだしも、うっかり落ちて、死んでしまったのかもしれない。でもそれだけいま、自分の身に起こっていることが、あまりに現実味がないのだ。でもつねった頬は痛かった。

「ハルッ」ダー子が呼びかけたのは、丸くて赤いランプがくっ付いた黒い板だった。スマートフォンほどの大きさで、アンティークな棚の上に置いてあったのだ。「パンケーキを二つ、それとブラックティーをお願い」

「パンケーキができるまで三十分かかりますが、よろしいですか」

コックリはぎょっとした。黒い板が赤いランプを点滅させながら、女性の声で答えたからだ。

「だってさ。そのあいだにシャワーを浴びて、買ってきた服に着替えておいで、コックリちゃん。ん？　どうしたの、そんな驚いた顔して」

コックリはハルを指差す。

「あ、これ？　OK Googleやアレクサと似たようなもので」

「あんなヤツらといっしょにしないでください」ハルが言う。抑揚のないしゃべり方なのに、怒っているみたいに聞こえた。「私はもっと優秀なバーチャルアシスタントです」

「だよね。はは、ごめんごめん」

パンケーキはサイコーだった。三センチは優にあるだろう分厚い生地《きじ》が二段重ねで、運ばれてきた瞬間からバターの香りが広がっていた。表面はパリッ、中はフワッフワに仕上がっており、ホイップクリームとの相性もバッチリだ。食べているあいだにも、自然と頬が緩む。

「よかった」テーブルのむこうでダー子が言う。「ようやくコックリちゃんの笑顔を見ることができたわ」

言われてみれば、ここ何年も笑っていなかった。なにがおかしいんだい、とヤマンバに怒られるので、なるべく笑わないようにしていたのだ。

「それってお母さんの形見？」

ダー子が指差したのはミミオだ。テーブルの上に置いてあったのだ。コックリはコックリと頷く。

「お母さんが亡くなったのは、あなたがいくつのとき？」

「六歳です」ダー子の前で、はじめてしゃべった。それだけリラックスしてきたのだ。

「ウメさん、まだ若かったよね。三十歳になってなかったんじゃない？」

「お母さんのこと、ご存じなんですか」

「私がまだヒヨッコだった頃、いっしょに仕事をしたことがあってね。コックリちゃんはもう生まれていたんじゃないかな。娘さんがヤマンバんとこにいるって、噂は耳にしてたのよ。だからもしかしてと思って、ふたりのあとを追っかけたんだ。ヤマンバのとこには何年いたの？」

「六歳の頃からなんで、十年ほどになります」

「十年？　よくもまあ、アイツのとこで十年も我慢できたもんだね。感心するよ」

「お母さんといっしょに仕事をしたことがあるって、ダー子さんも、あの、その手の商売をなさっているんですか」

「その手の商売をあの手この手でしているんだけど」ダー子が顔を近づけてきた。「コックリちゃんにも手伝ってほしいんだ」

「あ、あたしがですか」

「十六、七の女の子をさがしていたところなの。お人好しのウメの娘だもん、ぜったいできる」

「いったいあたしはなにをすれば」

「プリンセスになってほしいんだよね」

なにを言いだすのだ、このひとは。

「あ、あたしにですか」

「私がなってもいいんだけど、この歳になると、十六歳には化けられないからさぁ」

そのときチャイムが鳴った。


「怖がらなくていいのよ、コックリちゃん。リラックスしてちょうだい」

無理だ。なにせ部屋を訪れた男性ふたりが、コックリのことを頭のてっぺんから足の爪先《つまさき》までしげしげと見つめているのだ。男の視線など気にしていたら、歌舞伎町では生きていけない。だが彼らには男特有のねちっこいイヤラしさは不思議となかった。もっとなにか、ちがう判断基準で、品定めしているようだった。コックリは緊張のあまり、ミミオをさらに強く抱きしめてしまう。

「このふたりは私の恋人、もしくは下僕、あるいはペット」

「ペットは言い過ぎだろう」

ふたりの男性のうち、歳を取ったほうが文句を言う。でもしまりのない顔で、ニヤついていた。リチャードだ。タクシーの中の電話で、ダー子がそう言っていたので、てっきり金髪の白人かと思いきや、ちょっとだけ白髪交じりの黒髪で黒目のオジサンだ。テレビドラマでよく見かける顔だとコックリは思ったが、やがて思いだした。小日向文世《こひなたふみよ》に瓜二つなのだ。

「恋人でもなければ下僕でもない」

ボクちゃんはきっぱり言った。こちらは本気でダー子に腹を立てているようだった。こちらはリチャードよりもずっと若い。こちらもだれかに似ている。そうだ、東《ひがし》出《で》昌大《まさひろ》だ。

「紹介したいってこの子？」ボクちゃんが言った。

「まさかこの子をエサにして、オサカナを釣りあげようって魂胆《こんたん》じゃないだろうね」

とリチャード。

「そのまさかよ」ダー子が爽やかに答えた。

あたしがエサ？　プリンセスじゃないの？

「どんなオサカナを釣りあげるつもりなんだ？」

ボクちゃんの質問には答えず、ダー子はふたたび黒い板に話しかけた。

「ハルッ。シンガポールのフウ一族の情報を、映像で見せてちょうだい」

「わかりました」

赤いランプを点滅させながら黒い板が答えると、部屋の灯りが消え、ダー子の背後の白い壁に、映像が映しだされた。それがシンガポールだと、コックリにもわかった。居並ぶ高層ビル群を背後に、マーライオンが口から水を吐きだすその光景を、テレビで何度か見たことがあるからだ。そして女性の声で説明がはじまる。

「九十年前、福建省《ふっけんしょう》から入植し、海運業で財を築き、かのリー・クアンユーを支え、シンガポール独立を成し、超クールな国に発展させたマオ・フウ。その孫、レイモンド・フウは世界中の基幹産業に支配を広げ、総資産はビル・ゲイツ、ジェフ・ベゾスにつぐ世界第三位。ただしその反面、強引な手法から恨む者は数知れず、フウ一族を悪の一族だと名指しで批判するシンガポールの一部マスコミもあります。また、暗殺やテロの予告は日常茶飯事で、『五月の蠅』と名乗る過激なテロ組織の存在も噂されています」

白い壁には立派な髭を蓄えた七十代なかばと思しき男性の顔がアップになった。そのひとこそレイモンド・フウらしい。コックリには、その顔に見覚えがあった。

実際に会ったのではない。テレビの中だ。ドラマで社長とか会長とか、そういうエライひとの役をよく演じているひとである。そうだ、北大路欣也《きたおおじきんや》だ。

「レイモンド・フウって、半年前に死んだよね」リチャードがたしかめるように言う。「その瞬間から十兆円とも言われる遺産をだれが受け継ぐのかが世界的大問題になりながら、いまだに公にされていないはずだけど」

「レイモンド・フウには三人の子どもがいます」

その疑問を待ってましたとばかりに、ハルがさらに説明をつづける。北大路欣也が消え、つぎにあらわれたのは女のひとだ。胸元《むなもと》が強調され、背中が丸見えのゴージャスなドレスに身を包んでいる。彫りが深く、北大路欣也に近い顔立ちだ。並べれば父娘だとすぐにわかるだろう。ただし目は緑色で、この世のモノすべてを蔑《さげす》んでいるとしか思えない、まさに上から目線で、こちらを見ている。

「長女、ブリジット・フウ。フウ一族の広告塔。セレブのアイコン。三人のエリートイケメンマッチョと三回結婚して三回捨てたワガママ王女様」

画面が切り替わる。今度は見るからに高価とわかるスーツでビシッと決めた男のひとだ。姉とちがい、顔に凹凸があまりない能面のような顔だ。どこか幼く思えるのは、頬骨のあたりを中心にそばかすが目立つからだろう。

「二人目の子どもは長男のクリストファー・フウ」二十人以上はいるスーツ姿の男達を従え、肩で風を切って、無機質な廊下をこちらにむかって歩いている。不遜《ふそん》な態度と表情で、鼻持ちならないのは姉のブリジットとどっこいどっこいだ。「フウ一族のグループ会社のひとつである建設会社を任され、父親レイモンドの業績を超えようと、お金儲けに必死な差別主義者。財産を持っていかれるのが嫌で結婚もしていません。そして末っ子、次男のアンドリュー・フウ」

上のふたりに比べると、アロハシャツに七分丈のパンツとラフな格好だった。だからといって庶民的ではない。なにしろ彼がいるのは、やたら豪華なヨットの上なのだ。しかもパーティーの真っ最中だった。酔っ払って、シャツの前をはだけている。まわりは男だらけで、ほとんどがカップルで抱きあい、熱い口づけを交わしてもいた。アンドリューもだ。よくよく見れば、姉のブリジットとよく似た容貌である。つまりは父の北大路欣也、ではなくて、レイモンドにそっくりだ。ただし目の色は父とも姉ともちがって青かった。

「お友達と遊び過ぎて、父親からはビジネスと関わることを禁じられた落ちこぼれ王子。三姉弟の仲は子どもの頃から最悪でした」

「だから遺産相続で揉めて、だれが受け継ぐのか、いまだに公になってないのか」とボクちゃん。

「もっと厄介なことが起こったのよ」ダー子はなんだか楽しそうだ。「三姉弟を集めて、弁護士がレイモンドの遺言状を読み上げたんだけど、フウ一族のすべての財産は、我が末子、ミシェル・フウに相続するっていう内容だったんだ」

「アンドリューの下にもうひとり、子どもがいたのか」リチャードが抗議するように言う。「でもそんな話、聞いたことないぞ」

「その遺言状が読みあげられるまで、だれも知らなかったそうよ」とダー子。「三姉弟さえもね」

「レイモンド・フウは昔、秘かに恋をし、その女性とのあいだに子どもをもうけていたらしいのです」ハルがハキハキと言う。「ただしどこのだれなのか、国籍、年齢、性別さえもわかっていません」

「そんなことってある?」ボクちゃんは腕組みをして、首を傾げていた。「信じられないな」

「三姉弟もよ。だからってこのままにはしておけない」

「フウ一族をあげて、秘かにミシェルさがしがはじまりました」ハルがダー子の言葉を引き継いだ。「手がかりはあるにはありました。レイモンド・フウは五十代なかばで大病《たいびょう》を患い、二〇〇四年の春に療養を兼ねて、バリ島で一年弱のあいだ、素性を隠し、フウ一族およびその関係者と会うのを避け、もっとも信頼する執事さえも同行を許さず、ひとりで暮らしていたのです」

「惚れた女と逢瀬《おうせ》を楽しみ、子どもを授かるチャンスはじゅうぶんあったわけだ」リチャードが明後日《あさって》の方向を見つめながら、ぼやくように言った。「私もそんなチャンスに恵まれたいもんだよ」

「秘密裏で行っているとは言いながらも、バリ島にフウ一族の関係者があちこち聞き込みに回っていてね、ちょっとした話題になっているって」

「だれに聞いたんだ、ダー子？」ボクちゃんが訊ねる。

「ちょび髭よ。彼っていま、バリ島でマッサージ店を開いて、そこそこ稼いでいてね。ダー子さんなら、ご興味あると思いましてって教えてくれたんだ。ミシェルを装って、フウ一族と接触した人間も幾人かいるらしいんだけど、すべて偽物だった」

「本物か偽物か、どうやって調べる？」

「ＤＮＡ鑑定です。レイモンドのＤＮＡが保存されているのです。虎は死して皮を留め、ひとは死してＤＮＡを残す」

リチャードの疑問にハルが答えた。どんな仕組みで、こうも自然にひとの会話に加わることができるのだろうか。コミュニケーション能力が素晴らしい。黙って聞くしかないコックリとしては羨ましいかぎりだった。

「二〇〇四年の春というと、いまは十五、六歳か」と言ってから、ボクちゃんはコックリのほうを見た。「きみ、いくつ？」

「十六です」

「まさかこの子をミシェルに仕立てあげるつもりか」

「へ？」コックリはうっかり声をだしてしまう。「あ、あたし、そんな話、聞いてませんけど」

「言ったでしょ、プリンセスになってもらうって」

「いや、でも」ほんの三時間前まで歌舞伎町で、スリの手伝いをしていただけの小娘には、いくらなんでも荷が重過ぎやしないか。

「ダー子さん」リチャードが進言する。「率直に言ってこの子にミシェルの役が務まるとは到底思えないんだが」

まったくそのとおり、とコックリはコックリコックリ頷く。だがダー子は聞く耳を持たない。

「ねぇ、リチャード。この子を見て、だれかを思いださない？」

「じつは会ったときからずっと考えていたんだが、どうしても思いだせなくて」リチャードは改めてコックリを見ていたが、やがて大きく目を見開いた。「お人好しのウメか」

「彼女の娘よ。歌舞伎町でヤマンバといっしょにいるところを見つけてね。こうして連れてきたの」

「詐欺師の娘が必ずしも詐欺師に適しているとはいえないよ、ダー子さん。それにリチャードはコックリを横目で見ながら、申し訳なさそうに言う。「きみだって知っているだろ。お人好しのウメが詐欺師としてたいした腕じゃなかったことくらい」

「ぼくも反対だ」ボクちゃんが鼻息を荒くする。「シンガポールのウルトラスーパーリッチ、フウ一族を相手に詐欺だなんて無茶もいいところだ」

「でる前に負けること考える莫迦《ばか》いるかよっ」

ダー子は顎をしゃくらせて言った。どうやらアントニオ猪木《いのき》の真似らしいが、似ていないにもほどがある。

「首尾よく相続できたとしよう」リチャードが、嚙んで含めるように言った。「総資産十兆円といってもほとんどが株などの有価証券、不動産にちがいない。そうやすやすとは現金化できやしないって」

「チッチッチッチ」ダー子は右手の人差し指を左右に振る。「考えてご覧よ、リチャード。フウ一族の三姉弟が、左様《さよう》でございますか、では末娘であるミシェルちゃん、あなたにパパの資産をすべて相続していただきましょうって言うはずないでしょうが。あなたが三姉弟だったらどうする？」

「今後一切、フウ一族と掛かり合いにならないとミシェルに誓わせ、手切れ金を支払う」

「でしょ？　その手切れ金だって桁違いの額になるはずよ。交渉次第だろうけど、百億円はちょうだいするつもりでいるわ」

一〇〇〇〇〇〇〇〇〇〇円。〇が十個だ。あたしがプリンセスになれば、それだけのお金が稼げるというのか。

「なるほど」リチャードの顔がぱっと明るくなる。「だったらイケるかもしれんぞ」

「いやいやいやいやいやいや」ボクちゃんが両手を横に振った。「そんなにおとなしく手切れ金を渡すとは思えないね。最悪、亡き者にしようとするかもしれない。こんな子どもを命の危険に晒すなんてやめるべきだ」

「あたし、子どもじゃありません」

気づけばコックリはそう言っていた。それも叫んだと言ってもいいくらいだ。子どもじゃないはずがないと自分でも思う。なにしろ両腕でウサギのぬいぐるみを抱きかかえているのだ。

「その意気、その意気。私が見込んだだけのことはある」そう言ってから、ダー子はボクちゃんのほうを見た。「この子ひとりでフウ一族にいかせるわけじゃないんだよ。私も母親としていっしょにいく。彼女のそばを片時も離れない。交渉はぜんぶ私がする。三姉弟よりも手強い相手がいてね。ハルッ。フウ一族の執事、トニー・ティンをお願い」

白い壁に映しだされたのは、見事なロマンスグレーのオジサン、ではなく、オジサマだった。これまた俳優のだれかとそっくりだ。ヤマンバが好きで、DVDを借りてきてはよく見ている刑事ドラマにでていた。舘《たち》ひろし？　ちがう。もうひとりのほう。柴田恭兵《しばたきょうへい》だ。

「トニー・ティン。六十歳過ぎと思われますが、正確な年齢はさだかではありません。四十年前、レイモンド・フウがフウ一族の後継者になったときから執事を務めていますが、前歴は不明。アフリカの某国で傭兵《ようへい》として雇われ、前線で戦っていたという説がありますが、これも噂の範疇《はんちゅう》にすぎません。ただし四十年間、レイモンド・フウの命を救ったことは数知れないとのことです。執事としても優秀で、レイモンド・フウの忠実なる番犬、レイモンド・フウ以上にレイモンド・フウを知る男とも言われ、いまもフウ一族を裏で守りつづけており、三姉弟もトニーには頭があがりません」

「もっとも信頼する執事って、さっき言っていたのはこのひとなわけね」とリチャード。「でもさ。そんだけ優秀だったら、バリ島にいっしょにいかなくても、レイモンド・フウの動向をさぐってたんじゃないのかな」

「その可能性はじゅうぶんあります」即座にハルが答えた。「しかしミシェルの存在を知っているのであれば、彼が隠すメリットはなにひとつありません」

「つまりトニーもミシェルを知らないってわけよ。さぁ、どうする？　どうするどうする？」

ダー子がボクちゃんに詰め寄っていく。

「だけどDNA鑑定されたら、一発で偽物だってバレるじゃないか」

「レイモンドと一致するDNAをモノにすれば、こっちのものでしょ」

「どういうことだ」

「三姉弟いずれかの髪の毛や血痕《けっこん》、唾液《だえき》、鼻汁《はなじる》、体液などといった、DNA鑑定をおこなう際のサンプルを入手するのです」

ハルが言った。なんでそんなことがわからないのだと、ボクちゃんを叱っているようにも聞こえた。抑揚のないしゃべり方であるにもかかわらずだ。

「コックリちゃんのDNA鑑定がおこなわれる際に、すり替えちゃうって寸法よ」

「そんなウマくいくとは思えないが」

ボクちゃんが眉間《みけん》に皺を寄せる。するとダー子が「そんな顔、しないの」と両手を当てて、その皺を広げた。「私に任せてちょうだい。ぜったいウマくやってみせる。ただしなにで鑑定をするかわからないんで、ボクちゃんにはできるだけ、DNA鑑定のサンプルを収集しておいてほしいんだよね」

「どうやって？」とボクちゃん。

「フウ一族の邸宅には料理や剪定《せんてい》、清掃、空調管理、ヘアメイクなど百人にものぼるスタッフが常時、働いています」とハル。今度は叱っているというより、小莫迦にした感じだ。「いまいくつかのスタッフの募集をおこなっております」

「三姉弟は仲が悪いんだけど、おんなじ邸宅に暮らしているの。とは言っても東京ドーム何個か分の広大な敷地に建っていて、部屋数は百を下らない巨大な建物なんだけどさ。でもまあ、ボクちゃんの腕なら、ひと月もあればなんとかなるでしょ」

「それはまあ」ボクちゃんは満更でない顔になる。

「私とコックリちゃんが乗り込んでいったときに、援護できるよう、フウ一族の信頼を得たうえで、内部事情に精通しておいてくれると助かるんだけど」

「わかった」

「私もボクちゃんと邸宅で働けばいいのかな」

「スタッフの募集には年齢制限があります。生憎《あいにく》、リチャードさんはフウ一族の邸宅で働くことができません」

抑揚のない口調でハルに言われ、リチャードは顔を強張らせた。その事実が受け入れられないらしい。

「実年齢はそうかもしれない。でも変装すれば三十代だってまだいける自信が」

「無理です」ハルが無情に突き放す。

「リチャードは邸宅以外の場所で、三姉弟に接触しておいてくんないかな。おなじようにDNA鑑定のサンプルを集めるだけじゃなくて、三人の動向を見張っておいてほしいんだ。それと緊急時に備えて、逃亡できる算段もしておいてくんない？なんと言っても相手は巨大なオサカナだからね。最悪、コックリちゃんだけでも助かるようにしておかなきゃ、お人好しのウメに申し訳ないじゃん」そう言ってから、ダー子はコックリに顔をむけた。「目に見えるものが真実とは限らない。なにが本当でなにが嘘か」

「プリンセス・ダイアナは事故死なのか、暗殺なのか」とボクちゃん。「シンデレラがガラスの靴を落としたのは、偶然なのか、わざとなのか」とリチャード。ふたりともダー子とおなじくコックリにむかって言う。

なんだなんだ、なにがはじまったんだ？

「貴族達に宝物を要求した挙げ句、月へ帰りますと言って姿を消したかぐや姫は我々の大先輩か」なんとこれはハルだ。

「コンフィデンスマンの世界へようこそっ」

ダー子とボクちゃん、リチャードが三人揃って言った。そしてダー子が窓の外を指差し叫んだ。

「レッツ・ゴオッォオ・トウゥゥゥ・ザッ・スィンガポウォォォルゥウウッ」

3

「エクスキューズミー」

バリバリのカタカナ英語で、なにかのチラシを配る少年に話しかけた。「フェアー・イズ・ワンハンドレッドス・スターバックス？」

百店舗目のスターバックスはどこですかと訊ねたつもりなのだが、はたして通じるだろうか。すると少年はにこりと微笑み、コックリにむかって手招きすると、そそくさと歩きだした。スターバックスに連れていってくれるのかもしれない。ともかくあとをついていくことにした。三分もしないうちに辿り着いたのは、さほど大きくはないが、やたら仰々《ぎようぎよう》しい造りの建物の前だった。そのむこうにマリーナベイ・

サンズが見える。屋上の空中庭園で連結した三つの超高層ビルだ。だけどこちらの建物のほうがコックリにはずっとカッコよく思えた。

「ここ？」

人魚を模した緑色のマークが掲げられている。でもシンガポールにもスターバックスはいくらでもあるのだ。百店舗目のでなければマズい。

「Yes. 100th Store.」少年が壁に貼りつけてあったプレートを指差す。間違いない。〈100th Store〉と記されている。

「オー、ワンハンドレッドス・スターバックス。センキュー」

お礼を言うと少年は照れ臭そうに笑い、コックリが持っていたミミオを指差し、なにやら言った。英語なのでさっぱりわからないが、「pretty」というのだけは聞き取れた。そしてチラシを一枚、差しだしてきた。

A Farewell to Fu family.

チラシというよりビラだ。赤の下地に白抜きの文字で、そう記されているだけだった。これとまったくおなじポスターがシンガポールの街中の至るところに貼ってある。ダー子によれば、日本語に訳すと、「さらばフウ一族」だそうだ。いまからフウ一族の執事に会うのに、こんなものを持っていくわけにはいかない。かといってあたりにはゴミ箱もない。少年が足早に去っていったあと、何重にも折ってポケットに入れた。

それにしても暑い。シンガポールは常夏《とこなつ》だが、とくにいまの時期はもっとも暑いらしい。それに加え、湿度が高かった。こうして立っているだけでも、じっとりと汗をかいてしまう。コックリは更紗《さらさ》のワンピースに、花や鳥の絵をあしらったコットンのトートバッグを肩に提《さ》げていた。いずれもこちらでダー子が買ってくれたものだ。ふだんはTシャツにショートパンツだが、今日はそういうわけにはいかなかった。

コックリはマーライオン公園に引き返し、ダー子をさがしたものの、見当たらない。やむなくスマートフォンをだして、口から水を吐きだす巨大マーライオンを横目に、電話をかけようとしたときだ。

見つけた。

「ダー」子さんと言いかけ、コックリは咳払いをし、「お母さんっ」と叫びながら駆け寄っていく。ロング丈で無地のベージュと地味ではあるが、肩は丸だしのワンピースを身にまとうダー子は、なぜだかちょっと気取ったポーズを取っていた。そのまわりには何人か、ひとが集まっている。

なにやってるんだろ。

ダー子の前に四十歳前後の男性がいる。紐を付けた画板を首から提げ、その上で忙しく左手を動かしていた。その横には何枚かの絵が飾ってあった。いずれもひとの顔で、黒一色の木炭画だ。似顔絵と呼ぶには本格的だが、肖像画というほどではない。その中に『A Farewell to Fu family.』のビラが一枚、紛れこんだかのように貼ってあった。

完成した絵を男性から受け取ると、ダー子は集まっていたひと達に見せた。自然と拍手が起こる。それだけ出来がよかったのだ。やがてダー子はコックリに気づき、そばに寄ってきた。

「見て見て、コッ」クリとつづけそうになったようだ。ダー子はゲホゲホとわざとらしい咳をし、「ミシェル」と言い直した。「素敵でしょ、この絵。たった五分で描けたのよ、このひと」

本物の三割、いや、五割増しくらい素敵に描けているので、みんな気に入るにちがいない。

「こんな素敵な絵がたったの三十シンガポールドルだなんてね。ぜったい将来、価値がでるわ。私の目に狂いはないもの。そうだ、サインしてもらっておかなきゃ」

ダー子は男性の許に戻って英語で話す。彼は笑いながら断ったものの、やがてダー子の押しの強さに負け、絵の左端に、左手でサインを入れた。男性は右腕を動かすことができなかったのだ。

「ユージーン?」

ダー子が念を押すように言う。絵描きの彼は頷いてから、コックリのほうに目をむけるなり、「あっ」と小さく声をあげた。何事かと思ったが、彼はコックリではなく、ミミオに視線をむけていた。それにしても、なにをそんなに驚いているのだろう。なにやら訊ねてきたのだが、英語なのでコックリは答えようがなかった。するとダー子が日本語に訳してくれた。

「そのウサギのぬいぐるみは、どこで手に入れたんですかって」

「どこでって、あの、東京としか答えようがないんですけど」

「いつ頃ですかとも言っているわ」

「十年以上昔です」

ダー子が絵描きにそのことを伝えた。しばらくふたりが英語で会話してからだ。

「そんなことってあるんだぁ」

「なにがです？」

「この絵描きさん、昔、玩具《おもちゃ》工場で働いていて、そのぬいぐるみをつくっていたそうよ。大事にしてくれて、ありがとうって」

「こ、これからも大事にします」

絵描きの彼と別れ、丸めた絵をトートバッグに入れながら、「スタバは見つかった？」とダー子が訊ねてきた。

「あそこの二階」コックリは築百年の建物を指差す。「急いで、お母さん。約束の時間まであと五分ないよ」

シンガポールにきてから二日後にはふたりでフウ一族の邸宅を訪ねたものの、門前払いを食らってしまった。それでもダー子が粘りに粘って、ドーベルマンを従えた屈強なガードマンに、自分達の履歴書や身分証、そしてダー子とレイモンドがバリ島の海を背景に寄り添う写真を手渡してきた。もちろんすべて、ぜったいバレないよう精密につくられた偽物だ。レイモンドとの出逢いについて綴り、連絡先を記した手紙もいっしょに渡してある。

宿泊先は『MICHIKUSA SINGAPORE』なるゲストハウスだ。３ＬＤＫの部屋で、ふたりにはいささか広いくらいだった。そこにすでにひと月暮らしている。フウ一族からなんの連絡もなかったのだ。

そのあいだ、ダー子となにをしているかと言えば、買い物をしたり、プールで泳いだり、美味しいものを食べたり、映画やコンサート、ミュージカルなどを見にいったりと遊び呆けているだけだった。ヤマンバと暮らしていたときを思えば、夢のような日々ではある。だが、いい加減マーライオンは見飽きてきた。近頃は歌舞伎町のゴジラが懐かしく思えるくらいだ。ダー子もちょくちょく不平を洩らすようになった。

できれば夜にはカジノでもいって、ギャンブルでガツンと稼ぎたいところなんだけどさ、ボクちゃんとリチャードにはただの無駄遣いだからやめとけって、釘を刺されちゃってんだよねぇ。ふたりとも私が負けるの前提ってとこが腹立つんだよなぁ。

日本に戻らないのには理由がある。フウ一族はダー子とコックリについて調べるため、探偵を雇い、バリ島や日本にまでいかせているという。これはボクちゃん情報だ。彼はフウ一族の邸宅にコック見習いとして潜入しており、邸内の情報を随時仕入れ、ダー子に報《しら》せていたのである。

バリ島や日本に調査の手が及ぶのは予想できていたことなので、事前に準備はできていた。探偵が訪れそうな場所に、ダー子達の忠実な協力者である〈仔猫ちゃん〉を配置しておいたのだ。その数は百人以上に及び、〈仔猫ちゃん〉自《みずか》ら探偵に接触して嘘の情報を教えたり、べつの〈仔猫ちゃん〉に聞き込みにいくように誘導したり、あらゆる手をつくして、ダー子とコックリの正体がバレないようにしていたのである。

すると昨夜のことだ。『MICHIKUSA SINGAPORE』で、オーチャードロードのケバブ屋さんで買ったケバブをふたりで貪《むさぼ》り食べていたところ、ダー子のスマートフォンに電話がかかってきた。故レイモンド・フウの執事にしてフウ一族の影の支配者、トニー・ティンからだ。コックリとダー子、ではなく自称ミシェルとその母親に会うというのである。

はじめのうち、ダー子は英語で話していたが、途中で日本語に切り替わった。どうやらトニーに日本語で話すように言われたらしい。そしてトニーが面会場所として指定してきたのは、マーライオン公園から徒歩数分のところにあるスターバックスだった。明日の午後二時、トニーは目印として胸に赤い薔薇《ばら》を一輪挿してくるそうだ。ダー子は冗談かと思ったらしく、何度も聞き返していた。

なんにせよ〈仔猫ちゃん〉達のおかげで、探偵に尻尾を摑まれることはなかったのだ。しかしコックリをミシェルだとトニーが信じたかといえば、そうではなかった。トニーがふたりに会うのは彼自ら、DNA鑑定に必要なサンプルを採取するためだというのだ。いままで数多《あまた》訪れた偽ミシェルからは、口内に綿棒を入れ、粘膜を採っていたらしい。これはボクちゃん情報だ。ダー子が電話を切ってから五分もしないうちに、彼からメールが届いたのだ。

ボクちゃんとリチャードの活躍により、三姉弟から髪の毛、血痕、唾液、鼻汁、体液などは手に入れてある。念のためにどれでも対応できるよう、ダー子はすべて持ってきていた。じょうずにすり替えられるかは、彼女の腕にかかっているわけだ。

ミミオをトートバッグに入れてから、築百年の建物に入って階段をのぼろうとしたところだ。

ダー子がコックリの右手首を握り、壁際まで引っ張った。

「いよいよだね」ダー子に言われた途端、コックリは自分の身体が震えるのを感じた。

「だいじょうぶ?」

「武者震いです」

「あなたってときどき、十六歳とは思えない言葉を使うから、ビックリするよ」

　仕方がない。ヤマンバの許にいた頃からずっと、学校に通っておらず、いまもって同い年の友達がいないのだ。するとダー子はコックリの両手をぐっと握りしめた。

「私の目を見なさい」

　言われたとおりにするために、コックリはダー子とむきあう。

「あなたはミシェル」ダー子は手を離し、コックリを指差す。

「あたしはミシェル」コックリは自らの胸に手を当てる。

「私はお母さん」ダー子は自らの胸に手を当てる。

「あたしはお母さん」コックリは自らの胸に手を当てる。

「こらっ。ふざけないの」

「あなたはお母さん」

　ダー子に言われ、コックリは彼女を指差し、言い改めた。毎日朝晩やっている儀式というか、自己暗示のようなものなのだ。

「私はお母さん。お母さんにしては若過ぎるし美し過ぎる。でも関係ない。私達はなんにでもなれる。なりたいと思ったものになれる。本物も偽物もない。信じればそれが真実。あなたはミシェル」ダー子がコックリを指差す。

「あたしはミシェル」コックリは自らの胸に手を当てる。

「私はお母さん」ダー子は自らの胸に手を当てる。

「あなたはお母さん」今度はふざけずにダー子を指差す。


カッコイイ。

トニー・ティンのことだ。二階にあがればすぐスタバだが、その窓際の席で、彼は足を組んで座っていたのである。スーツに身を包み、その胸ポケットには薔薇を一輪挿していた。こんな嘘みたいな格好が似合う人間なんて、トニー・ティンの他にいるとしたら柴田恭兵くらいだろう。

あぶない刑事ならぬ、あぶない執事だ。

「トニー・ティンさんでいらっしゃいますか」

「はい」トニーはすっくと立ち上がる。満面の笑みは輝いて見えるほどだ。スーツの上からでも体格のよさはわかる。六十歳を過ぎているはずだが、お腹は引っ込んでいるし、どこにも無駄な肉は付いていなかった。「水島《みずしま》ミサコさんですね」

「はい。この子が」

「娘のミシェルさん」

コックリはコックリ頷く。できるだけしゃべらないよう、ダー子に言われているのだ。

「どうぞ、おかけください。飲み物はなにになさいますか。私が買ってきますよ」

「いえ、そんな。自分達で」

「どうぞ遠慮なさらずに。同席した女性には必ず奢るのが、私の主義でしてね」

キザもいいところだ。べつの男であれば不快にすら思えたかもしれない。だがトニーが言うとごく自然だった。そういうものかと納得できるくらいだ。ダー子もそうだったらしい。

「ならばアイスコーヒーをお願いします」

コックリもおなじものを頼んだ。


「ミサコさんはバリ島で、マッサージ師をなさっていたそうですね」

アイスコーヒーをふたりの前に置き、椅子に座ってから、トニーがダー子にむかって言った。柔和でさりげないのに鋭さがある口ぶりが、コックリをひやりとさせる。

だがダー子は落ち着き払っていた。

「ええ。はじめはレイモンド氏が店にきたのです。なんの気なしにふらりと入っただけのようでした。二度三度といらして、肩甲骨《けんこうこつ》の下を揉むのがじょうずだと、私の施術を気に入っていただきまして」

「彼の宿泊先のホテルに呼ばれるようになった？」

「そうです。それから恋に落ちるまでに時間はかかりませんでした」

「ホテルの名前は」

「ウィザードという安宿でした。サービスは最低、部屋の鍵は満足にかからない、シャワーの水は満足にでないし、冷房はいつも調子が悪い、虫や爬虫類《はちゅうるい》は出放題の、それはもうヒドいホテルで、まさかそんなところに総資産が世界第三位のひとがいるなんて想像もつきませんでした」

「彼がレイモンド・フウだと知ったのは、いつだったのでしょう？」

「この子をお腹に宿したとわかったときです」頬をさっと赤らめ、ダー子は恥じらうように言う。ふだんの彼女とはまるで別人だった。たいした演技だとコックリは感心してしまう。「出逢ってから三ヶ月は経っていました。そのことを告げると、彼がはじめて自分の正体を明かしたのです」

「あなたはその話をすぐに信じたのですか」

「とんでもない。そんなつまらない嘘をつかなくてもいいと思ったくらいです。それだけ彼を愛していましたから。ところが翌日、働いている店の前にリムジンが停まりまして、その中から彼がでてきたんです。そして私をバリ島随一の高級ホテルに連れていって、最上階のレストランでこれを」ダー子は膝の上のバッグから、小さな箱を取りだし、その蓋を開けた。半端ではない大きさの宝石が施された指輪だった。「私にプレゼントしてくれました」

「拝見してもよろしいですか」

「どうぞ」

箱ごと手に取ると、トニーは指輪をしげしげと見つめた。まるで鑑定でもしているかのようだ。青い光を放つ宝石は本物である。ダー子がオサカナからせしめた戦利品で、一億円は下らない代物なのだ。

「あの方がお好きだった宝石だ」

トニーが感慨深げに言う。あの方とはもちろんレイモンドにちがいない。

「そうだったんですか」

ダー子が小首を傾げる。もちろんこれも演技だ。この青い宝石がレイモンドの好みであることは、忠実な〈仔猫ちゃん〉達によって調査済みだ。だからこそこうして持ってきたのである。

「十数年前に亡くなられた奥様にも、プロポーズの際、おなじ宝石をプレゼントなさっていました」トニーは箱の蓋を閉じて、ダー子に返す。「もしかしてあなたにもプロポーズを？」

「ええ。でも」ダー子は口ごもる。

「お断りになった？」

「はい。だって総資産世界第三位の方の妻なんて、私に務まるはずありませんもの」

つぎにトニーがなにか言いかけたときだ。どこからか男のひとの甲高い声が聞こえてきた。それに負けじとばかりに女のひとが言い返す。ふりむくと斜めうしろの席で男女が言い争っているのが見えた。男のひとは五十代なかばらしく、アロハシャツにショートパンツとラフな格好がまるで似合っていない。サングラスもである。対する女のひとは三十代後半といったところか。真っ赤なワンピースで、胸元がばっくり開いて豊満な胸がこぼれ落ちそうだった。歌舞伎町によくいるタイプだ。どちらも英語なので、なにを揉めているのかまではコックリにはわからない。だが瞬く間にヒートアップして、お互い声高になっていた。

「Excuse me.」

そんなふたりに声をかけたのはトニーだ。低く通る声で笑みを崩さず、なにやら宥めるように言った。女のひとはトニーに見蕩《みと》れ、男のひとは「Sorry, sorry.」を繰り返し言いながらヘコヘコと頭を下げる。

「話の途中に申し訳ありません」トニーが詫びたのはダー子とコックリにむかってだ。「揉めているひと達を見ていると、仲裁せずにはいられない質《たち》なものですから。どこまで話しましたっけ」

「私がレイモンド氏のプロポーズを断ったと」

「そうでした。大変失礼な質問をさせていただきますが、よろしいですか」

「かまいません」

「プロポーズは断ったのに、どうして子どもをお産みになったのですか」

「どんな命でも疎かにはできませんので」ダー子がコックリの右手に自分の左手を重ねてきた。これもまた演技にすぎない。それでもほんの一瞬、コックリはダー子がほんとに自分の母親のように思えた。「彼は養育費を払うと言いましたが、断りました。この子は自分ひとりで育てるから心配しないでほしい、そしてお互いのためにも今後は会わないようにしましょうとも」

「あの方はそれを素直に受け入れましたか」

「いいえ。五歳の子どものように、駄々《だだ》を捏《こ》ねました。彼はそのホテルにスイートルームを準備していて、そこで一晩中、話しあって、というか、私が説得をして、ようやく納得してくれたのです。ただし条件がふたつ、この指輪は受け取ることと、子どもの名前は男でも女でもミシェルにすること」

「そしてあなたは日本にお戻りになった」

「そうです。生涯、このことは隠すつもりでいました」

「ではどうして」

「フウ一族がレイモンド氏の子どもをさがしているようだと、バリ島の友人から連絡があったんです。それだけではありません。ミシェルを装って、フウ一族と接触したものもいると聞きました。これ以上、混乱を招くようなことがあっては大変だと、名乗りでることにしたんです。まさかひと月も待たされるとは思ってもいませんでしたが」

「大変、失礼しました。おっしゃるとおり、ミシェルを装うものが多く、こちらとしても慎重にならざるを得なかったもので」

「私達の身許をお調べになっていたのですか」

「そんなところです」

「昨夜の電話でお聞きしましたが、トニーさんはレイモンド氏の執事だったそうですね」

「四十年近くあの方にお仕えしておりました。あの方のことはあの方以上に知っているつもりだったのですが」

「私達のことは知らなかったのですね」

トニーからの返事はない。彼はコックリの顔を見つめていた。宝石を見ていたのとおなじ視線だ。コックリが本物なのか、鑑定しているにちがいない。

冷房が効き過ぎて寒いくらいなのに、コックリは額に汗が滲みでてくるのを感じた。それを拭こうとハンカチを取りだそうとしたら、ポケットからいっしょにでてきたものがあった。何重にも折ったビラだ。しかもどうした弾みか、勢いよく飛びだしていき、トニーの足元に落ちてしまったのである。

「なにか落ちましたよ」

そう言いながら拾ったトニーは、それがなんのビラか、すぐに気づいたらしい。しかも丁寧に広げ、なおかつ文字を読みあげた。

「A Farewell to Fu family.」

「き、昨日だか一昨日に街中で配っていたのを受け取って、それであの、捨てるところがなかったので」

少年については伏せておいた。もしまだこのへんにいて、トニーに見つかったら、なにかしらの仕打ちを受けるような気がしたからだ。

「我々一族を快く思わない連中が、シンガポールには少なからずおりましてね」

「暗殺やテロの予告は日常茶飯事だと聞きましたが」

心配げにダー子が訊ねる。

「予告はあります。でも実行されたことはいままでに一度もありません」

「でも五月の蠅と名乗る過激なテロ組織が存在するという噂も」

「あくまでも噂の範疇です。地下活動をおこなう若い世代を中心とした組織があるのは事実です。ただし、いずこも財源がないので、まともな武器を調達することもできなければ、満足な戦闘訓練だってできやしない。五月の蠅は、そうした組織すべての呼び名に過ぎません。そもそも警察や我がフウ一族の警備隊が使っていた隠語でした。mayflyといえばふつう、カゲロウのことでしょう？　つまりカゲロウのように儚《はかな》い、すぐ消えてしまうようなものだから相手にしなくてもいいといった意味だったんです。それがどういうわけかネットで流布《るふ》され、いつしかそういう名前のテロ組織があることになってしまった。その広がる過程で、日本語では五月の蠅と書いて五月蠅《うるさ》いというのも広く知れ渡り、いつしかmayflyと聞くと、カゲロウではなく五月の蠅を思い浮かべるようになりました」

「つまりそんな組織は存在しないと？」とダー子。

「ええ。最近では五月の蠅のリーダーは蠅の王と呼ばれているなんて、尾ひれまでついていますが、まったくの都市伝説です。実際にある組織はレイモンド様がお亡くなりになってから、多少は活発化したものの、せいぜいこうしてビラを配ったり、ポスターを街中に貼ったり、その程度の、じつにかわいいものです。なまじ取り締まるよりも泳がせておいたほうが、国民達のガス抜きにもなります」

「そんなものなんですか」

「そんなものです。ただやはり、こうしたものを見ると不愉快ではありますが」

おのれの不愉快さを示すかのように、トニーはコックリに断ることなくビラを二つに裂いて、小さく丸めてしまった。

「本題に戻りましょう。どこまでお話ししましたか」

「トニーさんが私達を知らなかったところまで」

「そうでした。バリ島にもお供するつもりでした。でもレイモンド様がこうおっしゃったのです。私が留守のあいだ、フウ一族の面倒を見ることができるのは、おまえしかない、それにバリ島ではレイモンド・フウではいたくないのだ、と。そのため警備隊さえお断りになった。秘密裏に送りこんだこともあったのですが、レイモンド様も手強くて、すぐにバレてしまい、大目玉を食ったものです。これ以上なにかしたら、執事をクビにするとまでおっしゃるので、諦めました」

「バリ島ではレイモンド・フウではいたくないのだ。彼が正体をバラしたとき、どうして隠していたのかと訊ねたら、おなじことをおっしゃっていましたわ」ダー子はしおらしくしながら、いけしゃあしゃあと嘘をついた。さすがはコンフィデンスマンだ。「この子、目元や鼻筋があのひとにそっくりですよね。トニーさんならおわかり頂けると思うのですが」

北大路欣也似のあのオジサンに、あたしの目元や鼻筋がそっくりだなんて。いくらなんでもそれは無理がありすぎる。ところがトニーはこう言ったのだ。

「お会いしたときから、そう思っていました」

マジか。

「わずか三ヶ月のあいだでしたが、彼との恋は本物でした。あれから十数年、他のひとに恋をしたことはありません。ぜったいこれから先もないでしょう」

ダー子がしんみりと言う。するとだ。

「There is nothing noble in being superior to your fellow man;」

なにを思ってか、トニーが突然、英語でしゃべりだした。だがダー子は少しも動じることなく、やはり英語で返した。

「true nobility is being superior to your former self.」

「あの方に教わったのですか」

「はい。彼はいつもヘミングウェイを原書で読んでいました」これも忠実な〈仔猫ちゃん〉達のリサーチによって、知り得た情報である。「いまのは〈ミングウェイの言葉ですよね。他人より優れていることが高貴なのではない。本当の高貴とは、過去の自分自身よりも優れていることにある」

「あなたがあの方と親しい間柄にあったことは信じましょう」トニーは微笑み、スーツのポケットから細長いケースを取りだした。「だからといって、そちらのお嬢さんがレイモンド様の娘であるとはかぎらない。なので科学の力を借りねばなりません」

いよいよだ。コックリはごくりと生唾を飲みこむ。ケースからでてきたのは綿棒だった。

「これを口の中に入れて、頬の内側を軽く二、三度、擦っていただけますか」

コックリが横目で見るとダー子はゆっくり頷く。綿棒を口の中に入れた途端だった。ふたたび男のひとの甲高い声がした。そしてまた女のひとが言い返している。ここまではおなじだったが、つづけてドンバンガタンと激しい物音がしたかと思うと、カツカツカツとヒールの音が背後から近づいてくる。ふりむくまでもなく、真っ赤なワンピースがコックリの右手に見えた。店をでていこうとしているにちがいない。

そこへ男のひとが駆け寄り、引き止めた。女のひとの、そこそこ立派な二の腕をがっしり摑んだのだ。彼女は足を止めたものの、ふりむきざまに、男のひとの頬を引っ叩いた。それも力いっぱいだ。ばしんと音もスゴい。その拍子に男のひとは、彼女の二の腕を摑んでもいられなくなり、よろよろとよろけ、コックリの背中に倒れこんできた。

「きゃっ」

小さな悲鳴をあげてしまう。と同時にダー子がコックリの肩に両手をまわし、自分の身にぐいと引き寄せた。男のひとはテーブルにぶつかり、床へ倒れていく。それだけでだいぶ情けないのだが、追い打ちをかけるように、ダー子達三人のアイスコーヒーが男のひとへ落ちていき、アロハシャツもショートパンツも茶色に染まってしまった。自分の足元にあるその顔を見て、コックリは危うく声をだしそうになるのを堪えた。

リチャードだったのだ。

カツカツカツカツ。ヒールの音が遠ざかる。真っ赤なワンピースがコックリの視界から消えた。店をでていったのだ。リチャードが立ち上がろうとすると、正面に立つトニーが右手を差し伸べた。戸惑いながらも、リチャードはその手を握り、トニーに立たせてもらう。

「Sorry, sorry.」

平謝りのリチャードに、トニーがなにやら話をしだした。英語なのでコックリにはさっぱりだが、どうやら励ましているらしい。あるいは忠告しているようでもあった。リチャードはにっこり微笑み、「Thank you.」と言い残すと、駆け足で店をでていった。

4

「ヒィィィイハァァァアアァァア」

電話を切ったあとだ。ダー子はスマートフォンに幾度もキスをしてから、雄叫《おたけ》びをあげて踊り狂った。どうかしてしまったらしい。

「なにしているんですか」

「見ればわかるでしょ」

わからないから訊ねたのだ。

「カズダンスよ、カズダンス」

いよいよもってわからない。

トニーと会って三日後の夕方である。ダー子とコックリは『MICHIKUSA SINGAPORE』の自分達の部屋で、シューティングゲームの真っ最中だった。そこにトニーから電話があったのだ。

「このあいだの綿棒を信頼できる三つの鑑定機関にだしたところ、結論はすべておなじだった。あの子はレイモンド様の娘に間違いないってさ」

当然と言えば当然だった。トニーの手に渡った綿棒についていた唾液はコックリのではない。フウ一族三姉弟の長女、ブリジットのモノだったのだ。彼女は週に一度、いきつけの歯科で歯石《しせき》を取る。そこに潜入し、歯科衛生士に化け、彼女の口に綿棒を入れ、採取してきたひとがいた。以前は悪徳詐欺師だったが、いまはコンフィデンスマン第四の男、五十嵐だ。ただしコックリはまだ彼と会ったことがない。

スタバでリチャードが倒れこみ、コックリをダー子が庇ったときに、綿棒をすり替えたらしい。らしいというのは、コックリはまるで気づかなかったのだ。なのでトニーに綿棒を渡したときはドキドキだった。これでもうオシマイだと思ったが、その夜、ダー子に種明かしをしてもらってホッとした。

ちなみにリチャードの相手役、赤いワンピースの女のひとは波子《なみこ》と言い、ダー子達とは過去にちょっとした因縁がある同業者だそうだ。リチャードのお気に入りで、わざわざシンガポールに呼びつけ、協力してもらったそうだ。だがダー子の話では、波子のほうはリチャードにまるきりその気はないとのことだった。

なんにせよ第一関門はクリアだ。

「ちょろいものよぉ、あとは一〇〇〇〇〇〇〇〇〇円の手切れ金をちょうだいしておさらばね。いやいや、その前にマリーナベイ・サンズのプールを借り切って全裸で泳いじゃおっか。それともいっそカジノで全額賭けて、三回生まれ変わって三回とも生涯遊んで暮らせる額にしちゃうのもありだよね」

いくらなんでも気が早過ぎる。だいたいなんで三回生まれ変わる？

「手切れ金はいつ、手に入るんです？」

肝心な第二関門だ。これがクリアできなければ意味がない。

「四時にお迎えがきて、私達を邸宅に招いてくれるそうよ。そこで今後の話をするって、トニーちゃんは言ってたわ。なんだったらトニーちゃんを誘って食事にいこうか。私、ああいう渋いオジサン、好みなんだよねぇ」

「四時って」

壁にかかったシンプルな時計にコックリは目をむける。短い針が4、長い針が見ているあいだに12を差す。と同時に玄関のチャイムが鳴った。


「はぁぁい」「はぁぁい」

コックリがドアを開くと、そこにはおなじ顔がふたつ並んでいた。二十代なかばと思しき女のひとだ。

「ど、どちら様でしょうか」

「あたしはエイ」「あたしはヨウ」「ふたり揃ってクックロビン・ツインズよ」

英語が苦手なコックリも、ツインズが双子だということくらいはわかる。しかし自己紹介してもらっても正体不明だ。おなじ顔のふたりはおなじ髪型でおなじ化粧をして、おなじチャイナドレスを着て、おなじくらい長い足を裾からだしていた。

ただしエイは右足で、ヨウは左足である。並んだ姿は見事に左右対称だった。

「あなたが」「ミシェルお嬢様？」

「は、はあ」

「そちらが」「お母様のミサコ様？」

「え、ええ」コックリのうしろにダー子が立っていたのだ。「トニーさんからのお迎えの方々？」

「そのとおり」「早速参りましょう」

「でもなにも準備が」

「準備なんかしなくてけっこう」「むこうにすべて揃っています」

エイ（ヨウかもしれない）がコックリの右腕を、ヨウ（エイかもしれない）が左腕を摑み、ぐいと引っ張って、表へ連れだそうとする。

「ちょっと待ってください」ダー子が引き止めようとしても無駄だった。

「待てません」「お母様もどうぞ、ごいっしょに」


雨だ。風も強い。つぎの瞬間、世界が真っ白になった。雷だ。さほど遅れずに雷鳴も轟いた。スコールははじめてではない。乾季のいまは、ほぼ毎日だ。だがここまで激しいのははじめてだった。これからの行く末を暗示しているようで不気味でならず、コックリはミミオが入ったトートバッグをぎゅっと抱きしめた。そして車窓の外に目をむけたときだ。

A Farewell to Fu family.

車道の脇に立つ、莫迦でかい屋外用の広告板に書いてあるのが目に入った。やはり赤の下地に白抜きの文字だった。フウ一族を狙い、地下活動をおこなう組織があると、三日前、トニーが話していたのをぼんやり思いだす。なまじ取り締まるよりも泳がせておいたほうが、国民達のガス抜きにもなりますとまで言っていたが、これだけ大きな広告板を見ると、ちょっと心配にもなる。

クックロビン・ツインズに無理矢理、外に連れだされ、『MICHIKUSA SINGAPORE』の前に停めてあったリムジンに押し込まれてしまった。

強引にもほどがある。まるで誘拐か拉致《らち》だ。しかも車内ではダー子と並んで座ってはいるものの、クックロビン・ツインズとむかいあわせだ。ダー子と話をしたくても双子の四つの目が気になってできない。見張られているようなものだ。

リムジンは中心街を抜けると、まわりが団地みたいな建物だらけになったあたりで、ふたたびスコールに見舞われた。それでもなお、リムジンは走りつづけていく。やがて丘が見えてきた。その上に巨大な建物がそびえ立っている。

「あれがフウ家の邸宅?」とダー子。

「そうです」「あと五分で着きます」

「お城みたい」コックリが呟くと、クックロビン・ツインズが律儀に応えた。

「城そのものです」「ヨーロッパの小国にあった城を購入し、ここまで運んだそうです」

「お金持ちがやることはわからないなぁ」ダー子がぼやくように言う。

雷が落ちて、ふたたび世界が真っ白になる。そして城だけが黒くくっきりと浮かびあがった。

クックロビン・ツインズのどちらかが言ったとおり、それから五分後にはフウ家の邸宅に辿り着いた。外見とちがい、中身は二十一世紀だった。エントランスはダー子が住むホテルのロビーと変わらないくらいである。ただし大きくちがうのは、ところどころに重装備を施した軍人のような男達が立っていることだ。それに監視カメラも目立つ。そして番犬として飼われているのだろう、ドーベルマンが何匹かうろついていた。

「ただの番犬です」「普通にしていれば怖くありません」とクックロビン・ツインズが言うとおりだ。吠えたり唸ったりはせず、じつにおとなしい。それでも怖いものは怖い。ビクビクしながら歩いていると、突然、背後から抱きつくひとがいた。それだけではない。床から足が離れたかと思うと、グルグル回された。

「Oh, My Sister!」

頭のうしろで叫ぶ声もした。男のひとだ。驚くもなにも自分の身になにが起こったのかわからず、コックリはされるがままでいた。四、五回回ってから、ようやく解放されたはいいがクラクラだ。目が回って、へたりこんでしまう。

回した当人もフラフラだ。見上げてだれかわかった。会うのははじめてだが、写真では何度も見たことがある。フウ一族三姉弟の末っ子、アンドリューだ。クックロビン・ツインズのエイ（あるいはヨウ）が彼にむかって、英語でなにやら言っている。意味はわからないが、口調のニュアンスからして、注意しているみたいだ。クックロビン・ツインズのヨウ（あるいはエイ）が手を差し伸べてきて、コックリを立たせてくれた。そこにアンドリューが話しかけてきた。英語だ。わかるのは「Sorry, sorry.」だけである。コックリが困っていると、察したようで、アンドリューは日本語に切り替えた。

「はじめまして、アンドリュー・フウです。お会いできて幸いです。こんなにかわいい妹がいたなんて、信じられません。Understand?」

「アア、アンダスタンドです」

「ぼくはアニメやゲームが好きでね。日本にちょくちょく遊びにいくんだ。きみは日本のどこに暮らしていましたか？　東京？」

「は、はい」

「東京のどこ？」

「か、歌舞伎町です」

「いったことあるよ。ロボットレストラン、面白かった。ゴジラの写真も撮った。でもカブキチョーにひとが住める場所なんてあるの？　嘘ついてない？」

「嘘なんかついていません。あたしは毎日、ゴジラを見て暮らしていました」

思わず力んで言ってしまう。アンドリューは一瞬、驚きながらも、すぐさま笑顔に戻った。

「疑ってごめん。はは。これからパーティーにいかなきゃいけないんだ。明日にでもまたゆっくり話そう。それじゃ」

そう言うと、アンドリューは踵《きびす》を返し、そそくさと去っていった。

「あなたのこと、妹だって言ったわよね」ダー子が首を傾げつつ、コックリの耳元で囁く。「それに明日にでもまたゆっくり話そうって、どういうことかしら」

クックロビン・ツインズの案内で通された部屋も、お城の中とは思えない、よく言えばミニマルで洗練された、悪く言えば無機質で寒々しいところだった。両脇には使用人と思しきひと達がぜんぶで三十人近く、ずらりと並んでおり、その中にはボクちゃんもいる。部屋の奥にトニーが待ち構えていた。スーツではなく燕尾服《えんびふく》だった。胸に薔薇は挿していない。

「ミシェルお嬢様、ようこそフウ家へ。ミサコ様、よくぞ今日までミシェル様をお育てくださいました。感謝申し上げます」

「とんでもありません。実の娘ですもの。母親として当たり前のことをしていただけですわ」

さすがダー子だ。まわりの空気に飲まれず、見事に演じ切っている。ところがだ。

「こちらはおふたりのための部屋です。必要なものはすべて用意しております。部屋をでるときは必ずお知らせください。御用があればこの者達にお申し付けくださってかまいません」

トニーに命じられるように言われ、ダー子もたじろいでいる。それでも軽く咳払いをしてから、訊ねた。

「この部屋にはいつまで？」

「いつまでいていただいてもかまいませんが。あ、もしかして手狭でしょうか。でしたらべつの部屋を準備しますが」

「いえ、そういうことではなくて。この邸宅にいつまでいればいいのでしょう？」

「これはまた妙なことをおっしゃいますな」トニーは眉間に僅かな皺をつくった。「この先ずっと、いていただかないと困ります。なにしろミシェル様はフウ一族の当主ですからね」

「三人のご姉弟はなんと」

「それぞれ意見はお持ちです。ミシェル様が当主をお継ぎになることを歓迎していない方もいます。でもなによりも優先されるべきはレイモンド様のご遺志ですので、おふたりが気になさることはありません」

「なるほど」ダー子は真顔で頷く。「もっともです。わかりました。ただ、彼女達にいきなり連れてこられたものですから、宿泊先のゲストハウスに荷物が残っていまして」

「どうぞご心配なく」「すぐに戻って回収してきます」

うしろでクックロビン・ツインズが言う。

「でもやはり二、三日、お時間を頂けないでしょうか。日本に一度戻って」

トニーが歌舞伎町にあるアパートの名前を言った。コックリとヤマンバが暮らしていた、風呂なし共同トイレの家賃四万八千円の超オンボロアパートだ。ただしヤマンバはもういない。生まれ故郷の大阪の一等地のタワーマンションに引っ越した。ダー子が用立てたのだ。そしてトニーが仕向けた探偵には〈仔猫ちゃん〉達がヤマンバ＝水島ミサコだと吹き込んだのである。

「そちらの荷物は明日にはここに届きます。アパートのほうは解約しておきました。滞納した家賃も全額支払っておきましたので、どうぞご安心ください。なにか不都合なことでも？」

コックリは震えた。トニーの言い方が挑発的に聞こえたからだ。息苦しくもなってきた。あまりに予想外の展開に、頭も身体もついていけなくなっているのだ。するとダー子がコックリの右手を握ってきた。それだけでだいぶ落ち着くことができた。

「不都合だなんて。こちらこそいろいろお手数をかけて申し訳ありません」ダー子は堂に入ったものだ。さらにこうつづけた。「でもできれば私達のことでなにかなさる場合は、事前に報せてくださると助かりますわ」

「わかりました。仰せのとおりに致します」

トニーが丁寧に頭をさげたときだ。

「トニィイイィッ」

背後から女のひとの声がした。ブリジットだ。長い足をフルに大股にして、近づいてくる。彫りが深いその顔は般若《はんにゃ》と言っていい。それだけ怒りを露《あらわ》にしていたのである。

ドーベルマンよりずっと怖い。ダー子と自分、どちらかに嚙みついてくるのではないかと、コックリは心配したくらいだ。だがふたりのところまで辿り着きながらも、嚙みつくどころか（当たり前だ）、ふたりの顔を見ようともせず、トニーにむかって激しく訴えだした。英語なので、コックリには内容はわからない。しかししばしば「ファック」や「ビッチ」という言葉が飛びだすのには気づいた。

「ブリジット様」突然、トニーが日本語で言った。「できればミシェル様にもわかるよう、日本語でお話しくださいませんか」

そこではじめてブリジットはダー子とコックリに顔をむける。歌舞伎町でもいろんなひとに侮蔑《ぶべつ》の眼差しをむけられたものだ。だが彼女はその百倍、いや、千倍の威力があった。

「こんな下品な女を」ブリジットはダー子を指差す。「パパが愛していた？　はは。笑わせないでよ。ぜったい信じられないわ。あり得ない。それになに」ブリジットの指先がコックリへ移る。「この痩せっぽっちの薄汚い小娘は？　この子のどこがパパに似ているっていうの？」

「先日、申しあげたとおり、目元と鼻筋がそっくり」

「莫迦言わないで。全然、似てないわよ。生前、パパは言っていたのよ。おまえは私に目元と鼻筋がそっくりだって。私とこの小娘の目元と鼻筋が似てる？　似てないわよね」

「言われてみれば」ふたりの顔を見比べてから、トニーは言った。「似ています。さすが姉妹でいらっしゃる」

「ふざけないでちょうだいっ」ブリジットはさらにいきり立つ。「もしこの親子が偽物だったら、あなたどうお年玉つけるつもり？」

「お年玉ではありません。それを言うなら落とし前でしょう」

「どっちだっていいわよ。どう責任をとるのかって言っているの」

「フウ一族を守るのが私の仕事です。万が一、一族の名に傷をつけたなら、我が命をもって責任をとります」

「あなたが好きなサムライであればセップンだわ」

「セップクです」トニーが冷静に訂正する。「セップンはkissのことです」

トントンとノックの音がした。開けっ放しだったドアをスーツ姿の男が叩いていたのだ。クリストファーだ。颯爽《さっそう》とした足取りで近寄ってくる。まるでファッションショーのモデルのようだ。アンドリューも背が高かったが、クリストファーはさらに高いかもしれない。

「この子がミシェル？」日本語で言うと、クリストファーはコックリの顎の下に右手を入れ、くいとあげた。「マズくないご面相だ。親父に似ていなくもない。姉さんにも近い」

「莫迦言わないでっ」

ブリジットは苛立ちを隠すことなく叫んだ。やかましいことこのうえない。そんな姉を見てクリストファーはにやついていた。わかっていて、わざと言ったにちがいない。いままでの会話をどこからか、立ち聞きしていたのだろう。

「でも我々とは格がちがいすぎる。そうは思いませんか、姉さん」

「カク？」

「身分ですよ。階級。Class. Rank.」

「そうだわ」

ブリジットはにやりと笑う。こういう笑い方をする人間は、ヤマンバをはじめ、歌舞伎町にたくさんいたのを思いだす。相手の弱点を見つけ、自分が優位にたったときに見せる笑い方だ。

「人間には befits がある。日本語で言えば分相応《ぶんそうおう》か。私たちは亡くなったイギリス育ちのママからあらゆるエリート教育を与えられた。お腹の中にいたときからだ。そんな我々と比べて、きみたちふたりは、あまりに身分がちがう。はっきり言って低すぎる」

「下品で賤《いや》しい女の娘は下品で賤しい女なのよ。フロッグの子はフロッグ」

「つまり身のほどをわきまえるべきだということです」

「私達にどうしろと言うんですか」

ダー子が問う。彼女はクリストファーを睨みつけていた。メンチを切っていると言ったほうが、より正しいかもしれない。

「相続を辞退してください。そうしたほうがお互いのためです。深海魚を急激に引き揚げると死んでしまうのとおなじだ。底辺の人間は底辺で暮らしていたほうが幸せにちがいないのです」

「クリストファー様」トニーが静かに言う。「私も昔はあなたのおっしゃるような、底辺の人間でした。でもレイモンド様のおかげでこうして」

「こうしてフウ一族を裏で牛耳《ぎゆうじ》るようにまでなった」クリストファーは皮肉たっぷりに言う。その顔には底意地の悪さが滲みでている。「だがそれもいい加減、オシマイにしてもらいたいね。親父は死んだんだ。なのにどうして親父の執事だったあんたが、この邸宅に居座っていらっしゃるんですか」

「跡継ぎが決まるまでが、私の仕事ですので」

クリストファーが正面から見据えると、トニーははったと見返した。その眼力たるや、尋常ではない。貫禄負けというか、器がちがいすぎるのだ。クリストファーは気押され、視線を逸らしただけでなく、二、三歩後ずさりまでしている。悔しそうにするその顔は、そばかすだらけなので、余計に子どもっぽかった。こういうオトナも歌舞伎町でたくさん見てきた。虚勢を張って実のない人間だ。

「改めて訊くが、あなたは本気でこの小娘にフウ一族の当主を継がせるつもりですか」

「それがレイモンド様のご遺志ですので」

「だとしても彼女には辞退する自由はあるはずだ」

「どうする、ミシェル」ダー子がコックリの右手をぎゅっと握りしめる。「あなたが決めていいのよ」

そうだった。ここは辞退すべきなのだ。そして手切れ金を頂いて、この場からさっさとトンズラすればいい。それでミッションクリアだ。歌舞伎町に戻って、ゴジラに会える。

「あたしは」

「よくお考えください、ミシェル様」

トニーが言った。きっとすごい眼力で自分を見ているにちがいないと、ビクつきながら、彼のほうを見る。

あれ？

鋭い目つきではある。だがなぜだかトニーは自分に助けを求めているように、コックリには見えたのだ。

「フウ一族にはあなたが必要なのです」

「ずるいわよ、トニー。ここは彼女自身に考えさせるべきでしょ」ブリジットがキーキー叫ぶ。「どうなのよ、あんた。はっきりなさい」

「身分がちがうんだ。辞退しなさい」

「ミシェル、だいじょうぶ？」

「ミシェル様、よきご判断を」

みんなに問い詰められるように言われ、コックリは息ができなくなった。苦しい。それでもどうにか「あたしは」とまで言いかけ、目の前が真っ暗になってしまった。

5

お母さんの夢を見た。元気だった頃のお母さんだ。芝生の上に座り、優しくて蕩《とろ》けるような笑顔を浮かべている。そんなお母さんのためにコックリは踊っていた。保育園で教わった雪渡りダンスだ。宮沢賢治《みやざわけんじ》の童話、『雪渡り』にでてくる歌にあわせた踊りだ。

キックキックトントン、キックキックトントン。

じょうずよ、こころ。素敵だわ。

踊りおわって、お母さんの胸に飛び込んでいく。ミミオもいっしょだ。買ってもらったばかりで真新しい。お母さんが頭を撫でてくれる。

なにも心配しなくていいのよ。あなたならだいじょうぶ。ぜったいできる。

コックリは目覚めた。隣にミミオがいた。だれかが頭を撫でている。まだ夢のつづきかと思いきや、そうではなかった。

「起きた?」

「ダー」子さんとつづけそうになったところを、ダー子に右手で口を封じられた。彼女はベッドの端に腰かけていたのだ。

「この部屋には監視カメラが五台、取り付けられているわ。盗聴器も確認しただけで三台ある」ダー子がコックリの耳元で囁いた。「それとドーベルマンが一匹」

ほんとだ。ダー子とはベッドを挟んで反対側に、ドーベルマンがいた。寝そべってはいるが、こちらをじっと見つめている。

「部屋の外には重装備の男がふたり見張っているわ。スマホを使おうとしたんだけど、どうやら通信傍受されているみたい。ふたりきりでいるときもひとりぼっちになっても、気を抜かないで、正体がバレないようにしてちょうだい。いい？」

コックリはコックリコックリ頷く。

「あ、あの、あたし」

「隣の広間で倒れて、この寝室に運びこまれたの。医者に診てもらったら、ただの疲労で寝かせておけばだいじょうぶだって。信じられる？　この邸宅には医者が三人も住み込みでいるそうよ」

「どのくらい寝ていたんですか」

「いま夜の十時だからね。五時間かな」

そんなに長く？

「トニーさんがシルクのパジャマをくれてね。あ、でも着替えさせたのはお母さんだから」

「ぬいぐるみは」

「覚えてないんだ。途中で起きたんで、欲しいものがある？　って訊いたら」

ミミオに会いたい。

そう答えたので、ダー子はトートバッグからミミオをだして渡したそうだ。まったく覚えていない。

「そしたら、またすぐ寝ちゃったのよ。それが二時間くらい前だったかな」

「そ、相続の件は」コックリは恐る恐る訊ねる。この話をしていいものか、不安だったのだ。

「あなたが返事をせずに倒れてしまったので、宙ぶらりんのままだわ」

「ごめんなさい」

「私に謝らなくてもいいのよ」ダー子はコックリの頭を撫でる。「あなたはあなたでがんばった。よくやった、我が娘よ。とりあえず今夜一晩はゆっくりして、明日の朝十時に、隣の広間で、最終確認をしましょうって、トニーさんは言っていたわ」

「お母さんはどう思う？　相続したほうがいい？」

「そうだなぁ。下品で賤しいとか底辺の人間とか散々言われてムカついたけど、あながち間違ってはいないからなぁ。そりゃあさぁ、娘が世界で三番目の金持ちになるのは、魅力的だと思うわ。でもそれで失うモノも多そうだし。それにレイモンドは素敵なひとだったのに、あの三姉弟ときたらなぁ。どうしてあんな子に育っちゃったんだろ。とてもじゃないけど、これから先、ウマくやっていけるとは思えない」

「あたしもだ」

「だよね」ダー子は笑う。その顔はほんのいましがた、夢で見たお母さんとそっくりだった。

「悔しいけど、あのそばかす野郎が言ったことは間違いない。底辺の人間は底辺で生きていたほうが幸せなんだ。相続のこと、断っていい？　お母さん」

「ミシェル様の仰せのとおりよ」

「でもトニーさんは許してくれるかな」

「あのひとは真面目すぎるわよね。私以上にレイモンド様を愛していたのかも。まさにおっさんずラブだわ」

フウ一族にはあなたが必要なのです。

そう言ったときのトニーが脳裏にちらついた。その視線は鋭いながらも、なぜか助けを求めているように見えたのだ。そんなはずはない。ただの錯覚だとは思う。でもどうしても気になってならなかった。

するとなにを思ってか、ドーベルマンがむくりと起きあがり、ドアのほうへ近づいていく。と同時にノックの音がした。どうやらドーベルマンはその鋭い聴覚で、この部屋にむかってきた足音を聞きつけたようだ。

「食事を頼んだの。おにぎりはできるかしらって、試しに言ってみたら、日本人の使用人がいるので、つくらせますって。食べる？」

訊かれた途端、お腹が減っているのに気づいた。むくりと上半身を起こし、「食べます」と答えた。考えてみたら、シューティングゲームをしながら、ランチにピザを食べただけなのだ。かれこれ七時間はなにも口にしていない。

ドアが開き、入ってきたのはボクちゃんだった。ドーベルマンが彼のまわりを回りながら、くんくん匂いを嗅いでいる。それが済むと、俺についてこいとばかりに歩きだす。ボクちゃんはドーベルマンにおとなしく従う。

「ご苦労様」ダー子が他人行儀に話しかける。「あなたが日本人の使用人？」

「左様でございます」ボクちゃんも他人行儀に答えながら、テーブルの上に銀色のトレイを置く。

「お名前はなんとおっしゃるの？」

「カトーです」

「カトちゃんって呼んでもいいかしら」

ダー子はにやついている。あきらかに面白がっているのだ。

「どうぞ、お好きに」

「ではカトちゃん、いきなり文句を言うようで申し訳ないんだけど、おにぎりの具は梅とツナマヨをお願いしたのよ。でも梅じゃなくて鮭だわ」

「ツナマヨは準備できたのですが、生憎、梅がありませんで、鮭に致しました。その代わりといってはなんですが、豆腐のおみおつけをつくってまいりました」

「ありがと」

「他になにかございますか。なんなりとお申し付けください。ミシェル様のご気分はいかがですか」

「だ、だいじょうぶです」コックリはベッドから降りると、ボクちゃんにむかって深々と頭を下げた。「ご迷惑おかけしたと、みなさんにお伝えください」

「わかりました」ボクちゃんもまた丁寧にお辞儀をして、部屋をでていく。

「豆腐かぁ」

ダー子が溜息混じりに言う。なにかとても残念そうで、肩を落としてもいた。

なぜそこまで豆腐にがっかりする？


翌朝だ。

朝食もボクちゃんが持ってきた。納豆に卵焼き、味付け海苔、青菜のおひたし、お新香、炊きたてのご飯、そしておみおつけはやはり豆腐だった。これにもまたダー子はがっかりしたばかりか、「他に具材はないの、カトちゃん」とボクちゃんに突っかかった。

「申し訳ございません。どうしてもそれだけしか準備ができなくて」

「なら仕方がないわね」

ダー子が不機嫌そうに言う隣で、ドーベルマンはやはりボクちゃんに貰ったドッグフードをウマそうに食べていた。よく見れば愛嬌《あいきょう》のある顔だ。

朝食のあと、コックリは試しにドーベルマンの頭を撫でてあげた。意外にもうれしそうにしただけに留まらず、身を寄せてきた。

これまでペットなど飼ったことがない。自分がペット、いや、それ以下の扱いをヤマンバから受けていただけだった。しばらく頭を撫でてあげていると、突然キリリとなって、そそくさとドアへむかった。足音を聞きつけたにちがいない。

「おはようございます」

入ってきたのはトニーだ。昨日とおなじ燕尾服だ。まさか一着だけではあるまい。何着かを毎日、着替えているのだろう。彼のうしろには、一目で日本人とわかる大柄というか、デブッチョな男のひとが控えていた。ドーベルマンが近づいたところ、「わ、わわわ」と慌てふためいてトニーにすがりついた。

「落ち着いてください。ただの番犬です。あなたがなにもしなければ、この犬だってなにもしません」

「そ、そうですか。はは。すみません、取り乱してしまって」

「そちらの方はどなたですの？」ダー子がちょっと呆れ気味で訊ねる。

「はじめまして。日本国大使館の領事部に赴任しましたワタナベです。水島ミサコさんとミシェルさんですね。おふたりのビザに不備がございまして、予定滞在期間をすでに、えぇと何日だったかな、だいぶ過ぎているようで。大変お手数ですが、大使館までご同行願えませんか」

「この場でできないものですか」

「いやあ、ははっは」トニーの眼力にたじろぎながらも、ワタナベはさらに言い募った。「なかなかそうはいかないものでして、まったくもって申し訳ありません。なに、お時間は取らせません。いってかえってくるだけのことですので。よろしくお願いします」

「ごいっしょしてもよろしいですか。警備隊の車二台で、あとからお供します。ミシェル様とミサコ様になにかあったら困りますので」

「そんな大袈裟な」

「お恥ずかしい話ですが、我がフウ一族の評判はけっしてよくない。一部マスコミでは悪の一族とまで言われています。注意するに越したことはありません」

「わ、わかりました。一国の軍隊にも少しも引けを取らないと言われる、フウ一族の警備隊が護衛してくだされば心強い。よろしくお願いします」

「警備隊の方がひとり、私達の車に同乗していただけると安心なのですが」ダー子が言い、トニーが返事をする前に「できればカトーさんがいいのですが」と控えめながらも、はっきり指名した。

「日本国大使館の車が、なんでこんなオンボロの中古車なのよ」

邸宅をでて、五分ほど経ってからダー子が文句を言った。四人乗りの軽自動車で、後部座席はダー子とコックリ、そしてボクちゃんの三人だと、ぎゅうぎゅうだったのだ。

「準備できるのがこの車だけだったんだ。許してくれ」

運転席から男のひとが申し訳なさそうに言う。

「そもそも撤収ってどういうことよ、撤収って」ダー子の文句は尽きない。「まだなにも手に入れていないのよ。オケラで日本に帰れって言うの？　冗談じゃないわ」

「落ち着いてください、ダー子さん」助手席から言ったのはワタナベと名乗った太っちょのオジサンだ。「コックリちゃんとははじめましてだね」

「は、はい」

返事をしたものの、コックリはわけがわからなかった。日本国大使館の職員がどうしてダー子さんやあたしの名前を知っている？　ちがう。このひとは日本国大使館の職員でもなければ、ワタナベでもないのだ。

「私は五十嵐《いがらし》だ」

「コンフィデンスマン第四の男？」

「そのとおり。以後、御見知り置きを」

「リチャードッ」ダー子が運転席を蹴飛ばす。彼女は真後ろの座席に座っているのだ。コックリはその右隣で、さらに右にボクちゃんがいる。「ちゃんと説明しなさいよっ」

　ハンドルを握っていたのがリチャードだと、迂闊《うかつ》にもいまのいままで気づかなかった。なにしろ頭にはいつもの千倍くらい髪があったのだ。立派な髭をたくわえ、もみあげまである。

「一ヶ月待って、DNA鑑定をクリアして、邸宅に潜りこめて、いよいよこれからってときだったのにさ。まさか豆腐がでてくるなんて思ってなかったわ」

　ダー子の鼻息は荒い。不満そうに口を尖らせてもいる。

「豆腐がどうかしたんですか」コックリは訊ねた。昨夜と今朝にでた豆腐のおみおつけのことにちがいない。

「緊急事態発生、ただちに撤収せよ、というときのサインなんだ」教えてくれたのはボクちゃんだ。

「豆腐が？」

「そう、豆腐がね」

「ミシェルを装って、フウ一族と接触した人間も幾人かいるって話があっただろ」

　運転席の男が言った。頭はフサフサでも、その声は間違いなくリチャードだった。

「すべて偽物だった。だからこうして私達が乗り込んできたわけでしょ」

「その偽物達がどうなったと思う？」

「って訊くってことは」ダー子の鼻息がおさまる。尖った唇もふつうに戻った。「ろくでもない目にあっているのよね」

「消されるか、そうでなければ行方知れずのままだ。偽物本人だけじゃない。それに関わった人間もだ。もっとよく調べてから取りかかるべきだった。我々はフウ一族を甘く見ていたよ。あのトニーって男をね」

「だけど私達は、そのトニーをウマいことダマせたわけで」

「ところがダマせているか、微妙になってきた」ボクちゃんが険しい顔つきで言う。

「どういうこと？」

「スタバでの面会後、仔猫ちゃん数人と共に、トニーを尾行したんだ」リチャードが説明をはじめた。「彼がどんな手にでるか、気になったものでね。彼自ら、三つの鑑定機関に出向いて、ＤＮＡ鑑定を依頼していたよ。あれだけの一族を陰で牛耳りながら、だれも信頼していないんだろうな。そういった意味では孤独な男さ。でね。肝心なのは一昨日の彼の行動だ。マレーシアまで足を伸ばし、クアラルンプールの郊外のスタバで、女のひとと逢っていたんだ」

「またスタバ？」ダー子が憎々しげに言う。「トニーは逢《あ》い引《び》きでもしてたわけ？隅に置けないわね」

　本気でそう思っているのではなく、腹立ちまぎれに、リチャードの話を茶化しただけにちがいない。リチャードもそれがわかっているようで相手にしなかった。

「ショッピングモールの四階にある、ごくありふれたスタバなんだけど、トニーがスタッフに手話で話しかけていてね。スタッフも手話で返していたんだ。そのスタバは世界一静かなスタバといって、スタッフがみんな聴覚障害者だったんだ。私は変装していたとはいえ、それこそマーライオン公園のスタバで間近で顔を見られているので、仔猫ちゃんのひとりに、そのスタバに入ってもらった。ただし少し離れた席に座らざるを得なかったので、ふたりの会話を聞き取るのは容易ではなく、内容まで把握できなかった。それでもレイモンドやフウ・ファミリー、そしてミシェルという言葉が、お互いの口から何度かでてきたのは間違いないと。それだけじゃない。女のひとがトニーに、封筒に入れたまま手紙を渡していたんだけど」

封筒には切手が貼ってあって、消印も押されていた。しかもすでに開いており、そこからトニーは数枚の紙をだして黙読したうえで、スーツの内ポケットにしまったそうだ。

「つまりだれかから送られてきた手紙だったわけさ。トニーは受け取る際に、十万マレーシア・リンギットで譲ってくれないかと」

「日本円だったらだいたい二百六十万円ね」ダー子がいたって冷静に言う。「その女は何者なの？」

「仔猫ちゃんふたりにあとを追ってもらったのだが、見失ってしまってね」

「なにやってんのよ」ダー子が膨れっ面になる。

「そう怒りなさんな。スタバにいたときの写真は、何枚か撮ってある」

「これね」と五十嵐が差しだす写真をダー子は受け取った。隣からコックリはのぞきこむ。トニーといっしょに写る女のひとはヒジャブを巻いており、三十代なかばといったところか。女のひとのうしろに杖が立てかけてある。五十嵐が言うには彼女は左足が不自由だったらしい。

「その写真を手がかりに、仔猫ちゃん達がクアラルンプールを捜索中だ」とリチャード。「彼女こそが、バリ島でレイモンドと逢瀬を楽しんでいた相手だったかも」

「本物ってこと？」ダー子が聞き返す。

「可能性が高い。トニーが受け取った際、彼が封筒の裏面を確認した瞬間を捉えることができていたんだけど」

「その部分を拡大して鮮明にしたのがこれ」ふたたび五十嵐がダー子に写真を渡す。

そこにはだいぶクセのある文字で〈Fu〉とあった。

「レイモンド・フウの筆跡とほぼ一致している」

「たった二文字で決めつけるのってどうなの？」

「でもトニーがその手紙を高額で購入したのは事実だ」

「百歩、いや五百歩、いやいや千歩譲って、この女のひとがレイモンドの相手だとしてもよ。肝心の娘、ミシェルは？」

「それを知るためにも、仔猫ちゃん達に足の不自由な彼女をさがしてもらっているんだ」

「だったらなにも撤収しなくてもよかったんじゃない？　相続を断って、手切れ金を手に入れるまでは」

「しっかりしてくれよ、ダー子さん。トニーは間違いなくコックリちゃんが偽物だと勘づいている」

「でもブリジットやクリストファーが相続を辞退しろと、コックリちゃんに詰め寄ったとき、トニーだけはフウ一族にはあなたが必要だと言ったのよ」

「ただ単に引き止めて、今日にでもコックリちゃんのみならず、ダー子さんだって亡き者にするつもりだったのかもしれんでしょ。いや、まだ安心できない。なにしろ」リチャードはバックミラーに目をむける。そこには真っ黒なロールス・ロイス・ゴースト一台と三百五十ccのバイク二台が映っているにちがいない。「ああやって私達のあとを付いてきているからね」

「申し訳ない」五十嵐が言うものの、あまり申し訳なさそうではない。「私が毅然《きぜん》とした態度で断っていればよかったのだが」

「ほんとにそうさ」リチャードが溜息混じりに言う。「このままだと我々ごと亡き者にされちゃうかもしれないぜ」

「そ、そうなの？　亡き者になんてなりたくない。人生やり残したことがまだまだたくさんあるんだ」

「コックリちゃんは尚更だよ」いまにも泣きだしそうな五十嵐にむかって、ボクちゃんは叱りつけるように言う。「もしもこの子がここで命を失うことになったら、お人好しのウメに悪いと思わないのかい、ダー子さん」

「わかった、わかった」ダー子は肩をすくめる。「こんな子どもを命の危険に晒すなんてやめるべきだって、ボクちゃん、言ってたもんね。撤収もやむなしか」

「あ、あたしのせいで諦めるなんて、そんな」

　言葉をつづけることができなかった。

「あっ」「ぎょえっ」リチャードと五十嵐、オジサンふたりが揃って妙な悲鳴をあげた。それもやむを得ない。左側の細道から不意にワゴン車が飛びだしてきたのだ。リチャードが必死にハンドルを切り、車中の四人とも身体が斜めになった。それでも避け切れず、ワゴン車がオンボロ中古車にブチ当たってきた。ゴォンと鈍い音がしたかと思うと、斜めだった身体が左右上下に大きく揺れ、コックリは生きた心地がしなかった。恐怖のあまり声もでなければ息もできない。だがそれもきっと時間にしたら十秒なかったかもしれない。やがてオンボロ中古車は止まった。

「だいじょうぶか、ダー子、コックリちゃん」

「私はだいじょうぶ」ボクちゃんの問いに、ダー子が答える。「コックリちゃんは？」

「平気です」

「リチャード？」

「だいじょうぶ」ダー子に訊かれ、後部座席のほうに顔をむけたリチャードの頭にはカツラがなかった。衝突した際、取れてしまったらしい。髭ともみあげもズレている。まるで福笑いだ。でもいまは笑っていられない。

「だれか私の心配をしてくれ」と五十嵐が言う。そう言うからにはだいじょうぶなのだろう。

蜘蛛の巣のようなヒビが入ったフロントガラスのむこうに、当たってきたワゴン車が停まっている。前のほうはへしゃげているが、他に損傷はないらしい。するとスライド式のドアが開き、六人乗り程度のはずが、わらわらとひとが降りてくる。十人以上いるにちがいない。

なんだ、ありゃ。

全員、髪型が変なアメリカ大統領のゴムマスクを被っていたのだ。しかも手になにやら持っている。拳銃だとわかったのはみんながみんな、オンボロ中古車に近づいてきたからだ。両手に持ち、銃口をこちらにむけている。

「たたたた大変だ。にに逃げないと」

「表にでたら撃たれるぞ」ドアを開けようとする五十嵐を、リチャードが止める。

「ななな中にいたって撃たれますよっ。どどうすればいいんです」

「パパパパニクるな」

そう言いつつ、リチャードは鍵をひねって、アクセルペダルを踏んでいる。そのあいだにもトランプ仮面達が距離を縮めてくる。するとボクちゃんが懐から物騒なモノを取りだしていた。拳銃だ。

「どうするつもり？　ボクちゃん」ダー子が真顔で訊ねる。「表にでて囮になるから、そのあいだにみんなは逃げろだなんて、莫迦げたこと言わないでしょうね？」

「なんでわかった？」

「よしなさいよ。そういうのって映画だからウマくいくのよ。現実は一発で撃たれてあの世ゆきだって」

「やってみなきゃわからないだろ」

「だ、駄目だ、ボクちゃん」

「なんだよ、リチャードまで」

「いや、あの、たとえボクちゃんが囮になっても、我々は逃げられない。エンジンがかかんないんだ」

「わ、私のハンカチ、白いですよ。ほら」五十嵐が右手に持つハンカチは白かったが、くしゃくしゃだった。「こ、これを白旗代わりにかざせば、降参したと思って許してくれるかと」

「そんな交渉が成立する相手に見える？」

　ダー子がいきり立ったときだ。パンパンパンパンと爆竹にしては騒々しい音がした。

トランプ仮面達が銃を撃ってきたのだ。

「やっぱりぼくが囮になるから、みんなは車をでて」

「でででは遠慮なく」と言って、五十嵐が助手席のドアを開く。

「莫迦、よせ、五十嵐」リチャードが注意するなり、ふたたびパンパパンパンと銃声が鳴った。

「ヒ、ヒィイイ」情けない悲鳴をあげ、五十嵐はすぐさまドアを閉じる。

するとオンボロ中古車の左右から三百五十ccのバイクが飛びだしてきた。大きくスピンをして、トランプ仮面達の前にぴたりと停まる。前輪を内側にむけた二台は、見事なシンメトリーとなっていた。さらにいずれの乗り手も、申し合わせたかのように、揃ってフルフェイスのヘルメットを外す。

クックロビン・ツインズだ。

揃ってバイクを降りて、ヘルメットをバイクのハンドルにかける。トランプ仮面達は呆気に取られているのか、魔法でもかけられたようにピクリとも動かない。するとつぎの瞬間だ。ツインズがこれまた揃ってくるりと回り、片足を伸ばした。いずれの踵《かかと》もそれぞれ目の前にいたトランプ仮面の顔に直撃する。ふたりのトランプ仮面は倒れ、ぴくりとも動かなくなった。いまさらながら他のトランプ仮面達が、一斉に銃口をクックロビン・ツインズにむける。だが彼女達は少しも臆《おく》することなく、前に進んでいく。そしてどちらも腕を伸ばし、間近にいたトランプ仮面が持つ拳銃をがっしりと摑んだかと思うと、自分に引き寄せ、同時に股間へ蹴りを入れる。さらに念を入れるかのように、これまた同時に肘でトランプ仮面の鼻を叩く。ふたりの手には奪い取った拳銃がある。すかさずその銃口を彼女達は、各々べつのトランプ仮面にむける。銃声が鳴った。なんの躊躇《ためら》いもなく、クックロビン・ツインズは同時に引き金を引いたのだ。さらにふたりのトランプ仮面がひっくり返り、ひとりは右足、もうひとりは左足を押さえて転げ回っている。いずれも太腿の内側が真っ赤に染まっていた。

血だ。

歌舞伎町でも流血騒ぎをさんざん見てきている。だからといって慣れるものではない。コックリは顔を背ける。するとトニーがこちらを見ていた。後部座席のドアのむこうに彼がいたのだ。いまきたばかりらしい。内側のロックを外すよう、ジェスチャーで指示している。コックリが従うと、トニーがドアを開いた。

「ミシェル様にミサコ様。うしろの車にお移りください。カトー、きみは私と護衛だ」

「わ、私達は」五十嵐が訊ねた。口の端から泡が吹きでているのが、ちょっとみっともない。

「うずくまって、おとなしく待機してください。なに、あと三分で片がつきます」

また銃声が鳴る。いつの間にかクックロビン・ツインズはどちらも両手に拳銃を持っていた。トランプ仮面も残すところふたりになっている。

「我々は邸宅に戻ります。ビザの不備は後日でよろしいでしょうか」

「へ、へえ。よろしゅうござんす」

　パニクっているせいか、五十嵐は妙な言葉遣いになっている。カツラがとれて、髭やもみあげがずれたリチャードは顔を伏せたまま、一言もしゃべろうとしなかった。

「おふたりは永住権を申請するかもしれません」トニーが念を押すように言う。「その際にはよろしくお願いします」

「合点承知の助です」

　銃声がまた鳴り響く。ひとり残らず地面に転がるトランプ仮面に囲まれ、クックロビン・ツインズは腰に手を当てて立っている。その顔はとても物足りなそうだった。

6

「で？」ブリジットが緑色の目をトニーにむける。「トランプ仮面達は何者だったの？　テロ組織の、なんて言ったかしら、三月兎？　四月莫迦？」

「五月の蝿だろ」とクリストファー。

「そう、それ。その一味だったの？」

「いいえ。繁華街にうろつく不良に過ぎません。ずいぶんと安い金で雇われた、拳銃の扱い方もろくすっぽ知らない連中でした。それと念のために申し上げておきますが五月の蠅などという組織は存在しません」

「その名前ではなくても、テロ組織はあるんだろ」クリストファーが憎々しげに言うものの、そばかすのせいでいまいち迫力に欠けた。「だったらそいつらが雇ったんじゃないのか」

「不良どもを集めたのは、ニュートンフードセンターで屋台をやっている男です」

「その男がテロ組織の一味なのか」

「いえ」

「ならば我ら一族になにか恨みを？」

「シンガポールの八割の人間が、我ら一族に恨みを持っていますよ、兄さん」

せせら笑いながら言ったのは、末っ子のアンドリューだ。昼前にもかかわらず酒臭い。昨夜の酒が抜けないのか、それとも朝から呑んでいたのか、その両方かもしれない。

「屋台の男はただの手配師です」とトニー。「彼にオーダーするのはネットのみなのです。クライアントと顔をあわすことなく、金が振り込まれれば、依頼どおりにひとをかき集めるシステムだそうで」

「兄さんか姉さん、どっちかがクライアントだったりして。かわいい妹を殺して、財産を自分のモノにしようとしたんじゃないの？」

「なんてこと言うのっ」「冗談にも程があるぞ」

姉と兄に怒鳴りつけられ、アンドリューは首をすくめた。それでもニヤニヤ笑っている。

真っ黒なロールス・ロイス・ゴーストでフウ一族の邸宅に戻ってきたのは昼前だった。そのあとボクちゃん手づくりの即席ラーメン（ダー子が頼んだのだ）を食べ、一時間ほどしてから隣の広間に呼ばれた。そこそこのデカさの円卓を、トニーとフウ三姉弟、ダー子とコックリで囲んでいる。コックリとしては居心地悪いことこのうえなかった。できればダー子の手を握って気を落ち着かせたいが、距離があって手が届かない。しかも足元にはドーベルマンがいた。身体を丸めてコックリを見上げている。

「その相続のことでひとつ提案があるのですが」トニーが静かに言った。「聞いていただけますか」

「このふたりがやっぱり偽物だったのかしら」

ブリジットが吐き捨てるように言うのを聞き、コックリは身体を硬くした。横目でダー子を見るが、いたって冷静だ。

「いえ。昨日もお話ししたとおり、ふたりは本物にちがいありません」トニーの口ぶりはまるで宣言だった。「私としましては、ぜひともミシェル様に相続していただきたい。ただ突然のことにご本人も心の準備ができていらっしゃらない。それに庶民としての生活が長かったため、フウ一族の当主としての素養に若干、欠けるのも事実です」

「若干?」ブリジットが鼻で笑う。

「トニーもようやくわかってくれましたか」クリストファーは口角をあげる。「となればここはやはり相続を辞退していただいて」

「と判断するのはまだ早いと思います。なにしろミシェル様は皆様とおなじく、レイモンド様のＤＮＡを継いでおられる方です。いわばまだ原石の状態、磨きようによっては、内に秘めたる才能が伸びていくことでしょう」

「なに言ってんの、トニー?」ブリジットが苛つきだした。こうもたやすく感情が顔にでるひともいまい。歌舞伎町のひと達だって、もう少し我慢ができる。「この小娘がパパの子だとしても、こんな下品で賤しい女から生まれてきてるのよ。マトモなはずないじゃない」

「お母さんは下品でもなければ賤しくもありません」

コックリはそう言い返す。もちろんダー子を擁護したのだ。でも自分のほんとのお母さんを侮辱されたようで、腹立たしかった。円卓を囲むみんなが自分を見ている。そして足元がもぞもぞした。ドーベルマンが脚に頬をすり寄せていたのである。よくぞ言った、えらいぞと励ましてくれているみたいだが、ただの気のせいかもしれない。

「この子をどうやって磨くんだい、トニー？」アンドリューが言った。頬杖をついたその青い目は興味深げに輝いている。「教えてくんないかな」

「三ヶ月後、ちょうどレイモンド様の喪が明ける頃、シンガポールの独立記念日となります。そしてランカウイ島のヘミングウェイホテルで、毎年恒例のチャリティーガラパーティーを開催し、それまでにミシェル様には当主としての素養を身に付けていただきます」

へ？　そんな話聞いてないよ。

「なにはともあれまずはマナーでしょう。人前での行儀と作法は当然ながら」トニーはコックリのほうをむく。その鋭い目からコックリは逃れられなかった。「コミュニケーション能力を鍛え、どんな相手に対しても隔たりのない対応ができるまでになってくださいませんと困ります」

無理だ。ウサギのぬいぐるみのミミオだけが友達の人生だったのだ。だれともコミュニケーションなんて取ったことがない。そう思っていると、ドーベルマンがまた脚に頬をすり寄せてきた。まずは私とコミュニケーションを取ってみようとでも提案しているのかもしれない。試しにコックリが頭を撫でてあげたところだ。ドーベルマンはうれしそうに、さらに頬をスリスリさせてきた。

「ということでブリジット様」

「なによ」

「ミシェル様にマナーを教えてくださいませんか」

「私が？　なんでまた」

ブリジットがなにか言いかけたのを遮るようにして、トニーは話をつづける。

「フウ一族であれば数カ国語は話せて当然ですので、ミシェル様にはパーティーまでにはせめて英語だけでも、日常会話程度出来ていただかなくてはなりません。これはクリストファー様にお任せしたいのですが」

「こんな小娘に私が個人指導しろと言うのか」

「はい」トニーは平然と頷く。「できましたら英語のみならず、シンガポールの歴史と政治経済および世界情勢についてもご教示のほどお願いします」

「ハッハハッハッハ」アンドリューが腹を抱えて笑っている。「こいつはケッサクだ。おもしろいことを言いだすじゃないか、トニー。姉さんと兄さんに『マイ・フェア・レディ』のヒギンズ教授をやらせるなんて。ハッハハッハ」

「アンドリュー様にもお願いがございます」

「なに？　酒の呑み方を教えるにしちゃあ、この子はまだ若過ぎるでしょ。それともひとの愛し方？　だったら兄さんや姉さんよりも、ずっと得意だけどね」

「社交ダンスです。世界ランキングで三年連続トップの実力をお持ちのあなたにぜひとも」

「昔の話だよ。いまは酒のせいで、満足にステップが踏めるかどうか」

アンドリューの話を聞かず、トニーは先をつづける。

「お三方にはこの三ヶ月のあいだ、ミシェル様を直接、指導していただきます。そしてガラパーティーに出席なさったミシェル様をご覧になったうえで、我がフウ一族の当主に相応《ふさわ》しいかをご判断願えないでしょうか」

「本気で言っているのかい」

クリストファーは正気を疑う眼差しをトニーにむけている。ブリジットにアンドリューもだ。

「冗談でこんなことは申しあげません。パーティーのおわり間近、出席者全員の前で、お三方にジャッジをくだしていただきます。おひとりでも反対なさったら、ミシェル様の相続は無効としましょう。三人とも賛成した暁には」

「あり得ないわっ」ブリジットが不満げに言う。だがトニーは気にしない。

「その旨を全世界にむけて公表し、ミシェル様には当主の証であるギョクジを授与されていただきます」

なんだろ、ギョクジって。

と思う間はなかった。トニーが鋭い目をコックリにむけていたのである。

「いかがでしょう、ミシェル様」

エラいことになった。心中、穏やかではなくなる。それでもコックリはコックリ頷くしかなかった。

「お三方はいかがでしょう？」

「いいわよ」「引き受けた」

ブリジットとクリストファーは答えたものの、アンドリューは黙ったままだった。

「ではいまから早速はじめようと思うのですが」

嘘でしょ。

コックリは危うく声をだしそうになった。まさかいますぐとは思っていなかったのだ。

「どなたから指導願えますか」

「はいっ」トニーの問いかけがおわらぬうちに、ブリジットが威勢よく手をあげた。

「じつを言うと、相続とはべつに、その子の猫背が気になって仕方がなかったの。まずはそこから直してあげる」

「がんばってね、ミシェル」ダー子が淑《しと》やかに言う。「お母さんは応援しかできないけどね。あなたなら必ずできるわ」

完全に他人事だ。ところがである。

「あんたもよ」ブリジットがぴしゃりと言った。「猫背の上にO脚、しかもへっぴり腰、よくもそんな格好で街中を歩けるものだわ。恥ずかしいと思わない？　本来ならば、あんたのような底辺女が、私の指導を受けることなんてあり得ないんだからね」

「ミサコ様にもフウ一族として最低限の素養を身につけていただいたほうがいいでしょう」と勧めたのはトニーだ。

「いえ、あの、私は」

「覚悟なさい」ブリジットはにんまり笑った。

いったいあたしはなにをやっているのだろう。

そう思わないでもない。実際、コックリがなにをしているかと言えば、お湯が入ったティーポットひとつに、受け皿のあるティーカップを四つ、銀色のトレイに載せて運んでいた。それだけならまだしも、頭に分厚い辞書が載っかっていた。さらに床には赤いビニールテープが貼ってあり、その上を歩いていかねばならなかった。正気の沙汰ではない。どうかしている。ちょっとした罰ゲームだ。でもこれがマナーのトレーニングなのだ。

「顎を引くっ。まっすぐ前を見るっ。ブッチャーづらをするな」

ブリジットだ。右隣で並んで歩き、鼻息がかかるくらい顔を近づけ、耳元で叫ぶのだから、たまったものではない。なんだ、ブッチャーづらって、と思ったが、たぶん仏頂面《ぶっちょうづら》の間違いだろう。しかし訂正する余裕は、いまのコックリにはない。

「うわっ」

どんがらがっしゃんと背後で音がする。ダー子がトレイから紅茶セット一式を落としたにちがいない。

「なにやってんだっ、こらぁ」

ブリジットが離れ、視界から消えていく。つづけて、ひゅんびしひゅんびしっと音が聞こえてきた。ブリジットが鞭《むち》でダー子を叩いているのだ。

「許してくださいって。痛い痛い、痛いですってば」

「ちゃんとすれば叩きやしないわよ。どうして言われたとおりにできないのっ」

「やってますって。だけどやってもできないものはできないわけで」ひゅんびしひゅんびしっ。「やりますやります。やりますからもう叩かないでください」

スパルタなんてものではない。歌舞伎町にある特殊な趣味のひとのための特殊な店みたいだ。

「罰として腕立て伏せ百回っ」

「それってマナーにどんな関係が」ひゅんびしっ。「やりますっ。腕立て伏せ百回やります」

コックリはじきに赤いビニールテープを歩き切ることができそうだ。残り三メートルもない。慎重かつ慌てずに、でもノロノロしていたら怒られてしまう。左斜め前でドーベルマンがコックリを見守っている。もう少しだと励ましているようだ。

ここはひとつ、頑張らねば。

と思ったのも束の間、鼻がムズムズしてきた。まずい。くしゃみをしてしまいそうだ。

「堪えなさいっ」

ブリジットが右隣に戻ってきた。背後でダー子が数を数えているのは腕立て伏せをしているからだろう。

「人前でくしゃみなんて、レディとして失格だからね」

わかったから、耳元で怒鳴らないでくれ。

あと一メートル。三歩も歩けばゴールだ。

一歩。

「あと少しだからって気を抜いちゃ駄目よっ」

二歩。

下唇を噛んで、気を紛らわしてはいるものの、鼻のムズムズは治まらない。

三歩。

「よくやったわ。はじめてにしては上出来よ。そしたら百八十度転回して戻りなさい」

マジですかと思いつつ、言われた通りに百八十度転回するあいだだ。もう限界。

「ばっくしょんっ」

我慢し切れず、くしゃみをしてしまった。ちょうど右隣のブリジットとむきあっていたときで、彼女の顔はコックリのツバだらけとなった。

「さっき姉さんの悲鳴が聞こえてきたけど、いったいきみは、なにをしでかしたんだ？」

　部屋に入ってくるなり、クリストファーが訊ねてきた。姉のブリジットを心配しているのではない。ただの興味本位だろう。その証拠に彼はうっすら笑っていた。

「く、くしゃみを」

「くしゃみ？」

「彼女の顔にむかって、くしゃみをしてしまったんです、ウチの娘」

　ダー子はコックリの隣におり、小さめのテーブルを挟んで、真向かいにクリストファーがいた。そしてコックリの足元にはドーベルマンが寝そべっている。

「わざと？」

「不可抗力です」と答えながらも、あながちそうは言い切れないとコックリは思う。あのとき限界だったのは事実だ。でも百八十度転回し切るまで、抑えようと思えば抑えられたかもしれない。なにもブリジットの顔にむけて、することもなかった。つまり、その気はなかったにせよ、わざとと言えなくもないのだ。

「姉さんは潔癖性だからね。なにせキスをするときは、必ず相手の唇に消毒液を吹きかけているらしい。他人のくしゃみを浴びたとあらば、あれだけの悲鳴をあげて当然だ。失神しなかっただけ、まだマシか。いまシャワーを浴びているよ」

そう言いながら、クリストファーはコックリの前に一冊の本を差しだしてきた。頭に載せていたものと変わらない分厚さで、しかも洋書だった。

「『For Whom the Bell Tolls』」クリストファーが流暢《りゅうちょう》な英語で言う。それが本の表紙に綴られたタイトルだと、なんとなくコックリにもわかった。

「ヘミングウェイの『誰がために鐘は鳴る』ですね」とダー子。

だれだっけ、ヘミングウェイって。そうだ、レイモンドが好きな小説家だ。ダー子とトニーが話していたのを思いだす。あとそれと。

「シンガポールの独立記念日におこなうパーティーの会場になるランカウイ島のホテルの名前は、どうしてヘミングウェイホテルなのですか」

ダー子が訊ねた。そうだ、それ。

「ママがイギリス育ちの話はしただろ。最高の家柄で、貴族の出身なんだ。ママのパパ、私にすれば祖父だが、若い頃はとんだ放蕩《ほうとう》息子でね。若い頃はパリで暮らしていた。ちょうどおなじ頃、つまり一九二〇年代前半、まだ作家として名を成す以前のヘミングウェイもパリにいて、友達だったらしいんだ」

「凄いじゃないですか」ダー子が言う。でもコックリには、どれだけ凄いことなのか、いまいちわからなかった。

「ヘミングウェイだけじゃない。スコット・フィッツジェラルドや、ジャン・コクトー、ピカソやダリ、コール・ポーター、エリック・サティなどとも交流があったらしい」

「ほんとですか」

「さあ、どうだろ」クリストファーは肩をすくめた。「ともかくその話を事前に聞いて、鵜呑《うの》みにしたパパは、ママに気に入られようと、ヘミングウェイを読み漁り、作中の名台詞や好きな文章を暗唱できるようにさえなった。ところがデートの最中、諳《そら》んじてみても、ママはきょとんとするだけだった。ママはディケンズ以外の小説を読んだことがなかったのさ。笑えるだろ」

とくにおかしくなかったが、コックリは無理矢理、口角をあげた。ダー子もだ。

「ただしパパはその後もヘミングウェイを読みつづけた。その作品群に本気で魅了されたのさ。ママのパパとヘミングウェイが出逢い、青春を謳歌《おうか》したパリにまで足を運び、ゆかりの地を巡ったらしい。どうやらパパも一時期、小説家を志したことがあってね。ヘミングウェイにあやかって、彼が創作に励んだカフェで原稿用紙を広げたものの、一文字も書けなかったそうだ。ママはママでヘミングウェイの作品なんて一行すら読んだことがないくせして、あたくしのパパはかのヘミングウェイと親友でしたのよと、言いふらしてまわっていた。私達三人の子どもにも幾度となく、その話をしていたよ。あなた達のお祖父様はねって。ところがおなじ話でも話す度に微妙に変わっていたんだ。祖父とヘミングウェイが会った場所がちがっていたり、炎天下の出来事が大雪の日に変わったり、朝にあったはずなのに満月の光がヘミングウェイの顔を照らしていたり、カウンターだけのはずのバーに、いつの間にかグランドピアノが置いてあったり、しかもつぎに話すときはそのピアノをサティが弾いていたり、なんてことがざらだった。そうした矛盾点をつくと、ママは怒りだし、子どものくせに生意気だと鞭で私達を叩くので、三人とも黙って聞くようになったがね。つまりはまあ、あまりに信憑性《しんぴょうせい》のない話さ」

「あなたご自身はどうなんですか」ダー子が訊ねる。なぜだかとても興味深そうだった。「信じていらっしゃらない？」

「そりゃそうさ。なにせ証拠がないからね。ママの話ではヘミングウェイは祖父をモデルに一本、短編を書いているはずだが、そんなものは存在しないんだ。どうしてないのか、ママに訊ねたら、その原稿を祖父がヘミングウェイから預かったと言うんだ」

「ほんとですか」ダー子が興味を示した。「その原稿はいったいどこに？」

「ママが祖父から譲り受けて、イギリスからここに運んだとは言っていたんだが」

「だが、なんでしょう？」とダー子。冷静を装っているものの、鼻息が少し荒くなっていた。

「ママが亡くなって十年以上、その遺品をしらみ潰しにさがしてはいるものの、いまだ見つかっていないんだ。いい加減諦めているよ。祖父かママ、どちらかがこしらえたつくり話だった可能性が高い。でもその影響で、私はヘミングウェイが好きになり、いまやマニアの域に達しているのだからね。Facebookで呼びかけて、数年前からはヘミングウェイの読書会を開催しているんだ。おっといけない。無駄話が過ぎたな」

クリストファーの手元にも『For Whom the Bell Tolls』があった。

「まずは私が声をだして一ページ読む。そしたらおなじところをきみが読むんだ。これを繰り返す。とりあえず二十ページくらい読もうか。そしたらそれを今夜、訳したまえ。英和辞書は本棚のどこかにあったはずだ。明日、答えあわせをして、さらに先を読み進めていく。名作が読めて英語も学べる。一石二鳥とはまさにこのことだ」

「それで英語ができるようになるんですか」

コックリが訊ねた。疑ってはいない。信じられなかったのだ。

「きみの努力次第だ」

クリストファーが言った。小莫迦にしたその言い種《ぐさ》に、コックリはカチンとくる。おまえにはできっこないだろうけどな、と暗に言われた気がしたのだ。

「英語ができるようになったら、読書会とやらに参加させていただけますか」

「ほう」クリストファーがにやっつく。「いいだろ。達成できなくても、目標はあったほうがいいからな」

これまたカチンときた。と同時に負けてなるものかという気持ちが奮い立つ。

「あの」ダー子が手を挙げる。「私、英語は一通りできますので、この時間は自由に」

「自由なんてないわ」

ドアが開き、ブリジットが入ってきた。さきほどと服と髪型がちがうのは、シャワーを浴びてきたからだろう。ただし鞭は持っていた。ひゅんひゅん鳴らしながら、こちらに近づいてくる。

「娘はまだしも、あんたみたいにヒドい姿勢の人間はひさしぶりだわ。教え甲斐があるってものよ。いい？　マナーのなんたるかを、叩き込んであげるから、こっちにいらっしゃい。このノロマなタートルッ」

ブリジットはダー子の右耳をつまんで引っ張った。

「いきますいきます。いくから耳を放してください。痛いですって。痛い痛い」

「『For Whom the Bell Tolls』か。懐かしいな」テーブルの上に置いたままだったその本を手に取ると、アンドリューはパラパラと捲《めく》った。「でもこれがどうしてここに？」

「そ、それは」コックリは口に含んだレモネードをゴクリと飲みこむ。ピッチャーに入ったそれを、ほんのいましがたボクちゃんが持ってきてくれたのだ。「英語の勉強のためにクリストファーさんに頂いたもので」

「それってもしかして、兄さんが一ページ読んだあとに、きみが一ページ読んででていうのの繰り返し？」

「はじめはそのはずだったのです。でもあたし、英語がさっぱりわからなかったので、一文ごとにしてもらいました」

それでもコックリには難しかった。読み方を間違えると、クリストファーに直され、結局、二時間かけて十ページも読み進まなかった。おかげで喉はカラカラだ。ダー子も隣で飲んでいる。ボクちゃんはレモネードを用意してくれたにちがいない。身も心もボロボロといった様子だ。ブリジットにみっちりマナーの特訓を受けてきて、隣の部屋から鞭の音がひっきりなしに聞こえてきた。なにしろヘミングウェイの本を読んでいるあいだ、隣の部屋は、腕立て伏せをやらされていたにちがいない。ときどきダー子が百まで数えていたのは、腕立て伏せをやらされていたにちがいない。ゴクゴク喉の音をたててレモネードを一気に飲み干すと、ダー子はピッチャーを持ちあげ、空になったグラスになみなみと注いだ。

「明日までに訳すように言われた？」

「はい」

「パパとおなじ教え方だ。我々三姉弟の場合、ママがイギリス人で英語はできたから『For Whom the Bell Tolls』のフランス語版で、フランス語を学んだ。さらには中国語版、イタリア語版、ドイツ語版、日本語版など、各国の『For Whom the Bell Tolls』をパパに読まされ、各国の言葉を修得した。姉は十歳、兄は八歳までに八カ国語をモノにしたのに、ぼくだけ十二歳で三カ国語がやっとだった」

「たいしたものです。あたしは十六歳だけど、日本語しかできません。それだって覚束《おぼつか》ないくらいで」

「マイシスターはピュアでいい子だな」

アンドリューに真顔で言われ、コックリはまごついてしまう。褒め言葉に慣れていないので、どう応じたらいいのかわからないのだ。

「いいかい、マイシスター。きみみたいな子はフウ一族に関わりを持たないほうが身のためだ」アンドリューは本を閉じて、テーブルに置いた。「実際、レイモンド・フウの落とし胤《だね》だと判明するや否や命を狙われたんだろう？」

そう言えばそうだった。忘れたわけではないが、それが午前中のことだったとは信じられないくらい、昔のことにコックリは思えた。

「これでパパの遺産を相続したら、よりいっそうエラい目にあうことは間違いないさ。それに言っちゃなんだけど、きみはトニーに利用されているだけだぜ」

「どういう意味ですか」

「よく考えてごらんよ。なにもわからないピュアでいい子のきみが当主ならば、トニーはいままで以上にフウ一族の財産を好き勝手できるもの」

そういうことか。

「ぼくはさておき、姉さんか兄さんに譲っちゃえばいいじゃん。タダで譲るのもなんだから、引き換えにお金をもらったら？　どっちにせよ最低でも五億はだすんじゃないかな」

「五億？」ダー子が腰を浮かせた。うっかり地がでてしまったようだ。「それって円ですか、アメリカドルですか、あるいはシンガポールドル？」

「アメリカドルだよ」

だとしたら日本円で五百億円以上だ。目標の五倍である。驚きのあまりか、ダー子は開いた口が閉じなくなり、慌てて両手で閉じていた。そして何度か咳払いをすると、こう言った。

「私達はお金目当てで、ここにきたのではありません」

「そうは言っても、お金はあったに越したことはないよね。なんならぼくから姉さんか兄さんに話をつけてあげようか」

「はい」とダー子。「いえ」とコックリ。ふたりの声が重なり、お互い顔を見あう。

「おや、まあ」アンドリューは不思議そうに言う。「ぼくの提案の、どこがお気に召さないのか、よければ教えてくれないか、マイシスター」

「お気に召さないだなんて、とんでもありません。こんなあたしのことなんか心配してくださって、ありがたいかぎりです」

「母親がちがえども、きみは妹だからさ。少なくとも兄さんや姉さんよりも親近感を感じる。だからこそ」

「相続したいとかしたくないとかじゃなくて、この三ヶ月で自分がどこまでできるか、チャレンジしたいんです。あたし、学校も満足にいかなかったので、ちゃんと勉強をしたこともないし、本もろくに読んだことがない。ひとになにかを教えてもらったことは一度もありません。だからその」

コックリは口を閉じる。勝手なことを言っている自分に気づいたからだ。本心ではある。でもこれではフウ一族をダマして金を分捕る本来の目的から大きく逸脱した行為にすぎない。ここは慎むべきだろう。ところがだ。

「マイシスターがこう言っていますが、ミサコさんはいかがです？」

「仕方がないわね」

へ？

コックリはダー子を改めて見る。彼女は諦めながらも、コックリになにか期待するかのように、優しい笑顔を浮かべていた。

お母さんみたい。

お人好しのウメと呼ばれた、本物のお母さんとダー子の顔が重なったのだ。

「娘の好きにさせようと思います。ですのでアンドリューさん。社交ダンスのレッスン、はじめていただけませんか？」

7

「これが玉璽《ぎょくじ》ですか」

「左様でございます、ミシェル様」

コックリが訊ねると、トニーはにこやかに答えた。ここは邸宅の地下三階にある金庫室だ。映画やアニメでしか見たことがない、莫迦でかくて分厚い扉の奥は、壁一面がロッカーだった。いや、ロッカーという名は相応しくないかもしれない。でも他になんと呼べばいいのか、コックリにはわからなかった。そのうちのひとつをトニーが開き、中からだしてきたものを、金庫室の中央にある無機質なテーブルの上に置いた。

ぜんたいの色は金色で、ほぼ立方体の上に三つの首を持った龍が鎮座していた。キングギドラにしか見えないが、そうではなく、フウ一族古来の守り神だという。ぱっと見、食玩か、カプセルトイのフィギュアにしかコックリには見えなかった。大きさもそれくらいだが、そんなものを金庫室に保管しているはずがない。

ボクちゃん手づくりの朝食（卵焼きにホウレン草のおひたし、お漬け物、なめこのおみおつけ）を食べおわったあとだ。部屋を訪れたトニーに、玉璽をご覧になりませんかと誘われたのである。

「この下に、フウ一族の紋章が彫られているのですね」

ダー子が言った。腰を屈《かが》め、玉璽に顔を近づけている。

「はい。これはフウ一族の当主だけが代々受け継いできた、いわば王の印です」

「曾曾曾祖父だか曾曾曾曾祖父の頃に盗難にあったのを、ここシンガポールで富を得た曾祖父、つまり三代前の当主、マオ・フウが独立後に買い戻したそうだ」

親切に教えてくれたのはクリストファーである。金庫室にはブリジットもいた。アンドリューは二日酔いで、午前中は自室にこもっている。代わりに、ではないがタコの助もいた。護衛のドーベルマンだ。先日、ディナーがたこ焼きだった。たこ焼き器で、ダー子とふたり、たこ焼きを焼いたのだ。テーブルの脇で物欲しそうな顔をしていたドーベルマンに、具材のたこをあげたところ、よろこんで食べたので、そう名付けたのだ。

ちなみに金庫室の外にはフウ一族の警備隊の隊員が、重装備で身をかため、ずらりと並んでいる。その中にはボクちゃんも含まれていた。日本人であることのみならず、トニーに気に入られ、彼から直々にトレーニングを受け、ダー子とコックリのボディガードとなったのだ。食事係もかねていた。ふたりのために日本食を調達してくる。

「曾祖父様はいくらで買い戻されたのですか」

ダー子だ。訊かずにはいられなかったのだろう。するとブリジットが彼女の耳を引っ張った。

「痛たたった、ななにするんです？」

「レディたるもの、お金の話をすべきではないって、このあいだ教えたばかりでしょ」

この邸宅で暮らしはじめて二ヶ月が経とうとしている。ダー子とブリジットは年がら年中、この調子だ。漫才コンビを組むならば、歌舞伎町でいっしょだったスタアよりも、ブリジットのほうがよさそうだとコックリは思う。

「そのくらい、いいじゃないですか。勘弁してあげたらどうです、姉さん」苦笑しながらクリストファーが言う。「なにせ半世紀以上も昔のことですからね。いまとは価値がちがうんで、正確なところは難しいですが、一千億ドルは間違いないでしょう。あ、シンガポールドルではなく、アメリカドルですよ」

これが一千億ドル？

千円でも買わないなぁ。だったら食玩だかカプセルトイだかのフィギュアのほうがいいや。玉璽のキングギドラは出来がいまいちだ。いや、キングギドラじゃないけど。

「あの、トニーさん」

「なんでしょうか」

「裁縫道具って貸してもらえますか」

コックリの頼みに、トニーは訝しげな顔になる。彼だけではない。他のみんなもだ。タコの助さえコックリを見上げていた。言う場所を間違えたようだ。いまいるのはエレベーターの中だった。出来の悪いフィギュアのような玉璽を見せられたあと、金庫室をでてから乗りこんだのである。

せめて降りたあとにすればよかったよ。

そう思ったものの、ときすでに遅しだ。

「かまいませんが、なににお使いになるのですか」

トニーに聞き返された。当然の疑問である。だがコックリは答えに詰まってしまった。

「服のほころびでしたら、使用人にお申し付けくだされば、すぐにお直しします」

「いや、あの」

直すのはミミオだ。ママの形見のウサギのぬいぐるみである。邸内で持ち歩くことはないが、寝るときはいつもいっしょだ。するとと今朝、左目が取れそうになっていたのである。これはダー子にも話しておらず、彼女もまた訝しげにしている。さてどうしようと思っていたところだ。

「私のでよかったら、貸してあげてもいいわよ」助け舟をだしてくれたのはブリジットだ。「これから私の授業だし、持っていってあげるわ」

「ありがとうございます。助かります」

コックリは深々と頭を下げた。


三姉弟のスパルタ教育はいまだつづいている。いずれも一日三、四時間は当たり前だった。寝る間も惜しんでとまではいかずとも、一日のうちで寝るときと食事を摂るとき以外は、三人の個人指導という日も珍しくない。それが嫌かと言えば、そんなこともなかった。むしろおもしろいくらいだ。

マナーに関してはひと月余りでほぼ完璧とブリジットに太鼓判を押してもらうことができた。その後は週に二、三度おさらいする程度だ。だが余った時間が自由に使えるわけではない。

コックリは九九ができない。五の段あたりから怪しくなるのだ。それがブリジットに知れ、そんな無知はフウ一族に相応しくないと、彼女自ら数学のみならず、物理や化学など理系の勉強を教えてくれることになった。九九は三日とかけずにできるようになり、いまでは因数分解、三角関数、微分積分などもわかりかけてきた。

ただしそうやって机にかじりついて、計算問題を解くだけではない。実験と称して、庭でペットボトルロケットを飛ばしたり、使用人や警備隊の隊員などを三十人ほど集めてみんなで手を繋いで電流を流したり、段ボール空気砲で大きな煙の輪っかをつくったりすることもあった。そんなときのブリジットは、ふだんの刺々《とげとげ》しさはすっかりなくなるどころか、口を大きく開けて笑い転げることもあった。ダー子もいっしょにである。レディとしていかがなものかと思わないでもなかったが、ほんとに楽しそうだった。

『For Whom the Bell Tolls』もおわりに近づいてきた。辞書で調べ、意味がわかるようになり、読む速度もだいぶ速くなった。クリストファーには一行ずつではなく一ページ読んでもらい、一日で五十ページ以上読み進むことも珍しくなかった。それも発音するだけではなく、読みながら意味もわかるようになった。

意外にも三人のうちで、いちばんのスパルタはアンドリューだった。繁華街で夜通し酒を呑み、ほぼ毎日、朝帰りで、目覚めるのは夕方だ。そのため社交ダンスのレッスンは早くても午後四時過ぎからだった。その頃でもまだ彼は酒臭い。いっしょに踊っていると、こちらが酔ってしまいそうになるくらいだ。酒が抜けるのに一時間はかかる。

ダンスを覚えようとするな、身体に沁みこませるんだ、とアンドリューは繰り返し言う。レッスンのあいだ、休憩はごく短めだ。休むとせっかく身体に沁みこませた踊りが薄れてしまうというのがアンドリューの持論なのだ。コックリはそういうものかと、おとなしく従った。だがダー子などは音を上げ、十日ほどで完全に脱落し、サボるようになった。ときには部屋をでていってしまうこともある。それでもアンドリューは止めなかった。

コックリにしたって、最初からついていけたわけではない。だが踊りつづけているうちに、疲れはするものの、気持ちが昂り、身体の動きが止まらなくなった。そうなるとどれだけ踊ってもだいじょうぶだった。これまでの人生で、こんな楽しいことができなかったのが悔やまれ、その分、踊ろうとさえ思った。

夢の中でもコックリは踊った。そんなとき、相手はアンドリューだけでなく、ダー子やボクちゃん、リチャードなんてこともあった。ブリジットやクリストファーのときもある。歌舞伎町のバッティングセンターで会うコーチとも踊った。だれと踊っていても、必ずお母さんが褒めてくれる。

じょうずよ、こころ。素敵だわ。

「これでどう？」

ブリジットが訊ねてきた。その手にはミミオがいる。金庫室から戻って五分もしないうちに、彼女は裁縫箱を持って、コックリ達の部屋にあらわれた。なにを直したいのと高圧的な態度で訊かれ、やむなくミミオをさしだしたところ、黙って裁縫箱を開き、針と糸を取りだし、取れかけていた左目をさっさと直してしまったのだ。

「あ、ありがとうございます」

「礼には及ばないわ。お気に入りなの？　このウサギ」

「ええ、まあ」

「だれかからのプレゼント？」

「はい」危うくお母さんの形見と言いかけ、ツバといっしょにその言葉をごくりと飲みこんだ。

「私の両親からです」コックリの代わりにダー子が答える。三人はひとつのテーブルを囲んでいるのだ。コックリの足元にはタコの助もいた。

「そうなの。これからも大事になさい」

コックリにミミオを返してから、ブリジットは針と糸を裁縫箱にしまった。木製で花柄が彫られ、だいぶ年季が入った代物だ。

「その裁縫箱、とても素敵ですね」

コックリは言った。本気で思ったのだ。

「でしょう？」ブリジットは箱を愛《いと》おしげに撫でた。「ママの母方の曾祖母から代々使っていたモノよ。ママが嫁入り道具のひとつとしてイギリスから持ってきたの」

「お母様はどんな方だったんですか」

ふと気になり、コックリは訊ねた。ミミオが手元にあり、自分のママを思いだしていたからかもしれない。

「最高の家柄で、最高の環境の中で、最高の教育を受け、最高のマナーを心得ているレディだった」ブリジットは鼻で笑った。「一言で言えば、高慢ちきで嫌な女よ。最高の家柄ではあったけど、没落した貴族でね。パパと結婚したのは一族のためよ。

要するに金目当て。そうでなければあんな差別主義者、アジア人となんか結婚するはずなかったわ。なに不自由のない暮らしをさせてもらっていたのに、生前はずっとパパを蔑視していたんだから。信じられる？　私達子どもに対してもそうだった。だから私はママに気に入られようと、必死にマナーを学んだわ。でもママは認めてくれなかった。本物のイギリス人ではない、半分アジア人のあなたがいくら頑張ったところで、所詮《しょせん》は猿真似に過ぎない。笑いながらそう言っただけ」

コックリはどう応じていいものか、わからなかった。まさか母親について、そんな話を聞かされるとは思ってもみなかったからだ。ダー子もおなじらしい。息を飲んで、じっと見守るだけだった。ブリジットの話はなおもつづいた。溜まっていたものを一気に吐きだし、止まらなくなったみたいだ。

「嫁入り道具とは言っても要するに、イギリスで愛用していたものや思い出の品をそっくりそのまま運んできたわけよ。没落したとはいえ、そこはそれ、一応は貴族だからね。家具や食器、衣服に装飾品などは当然ながら、絵画や陶器、彫刻といった芸術品もあれば、自転車や自動車まで持ってきてね。空港からここまで、大型トラックが列を成して運んだそうよ。その費用だけで依頼された運送会社は一年分を稼いで、そこの社長はキャッシュで家が買えたってシンガポールでは有名な話。だけどイギリスからそれだけの量を持ってきたのに、ママときたら、子ども達にはなにひとつ触らせてくれなかったの。どうかしているでしょ？　私が十歳のとき、この裁縫箱をこっそり触ったのがバレて、ひどい折檻《せっかん》を受けたんだから」

「折檻というのは」とダー子。

「お尻を鞭で叩かれたわ。そうそう、あなたを叩いているあの鞭もママがイギリスから持ってきたのよ」

　鞭が嫁入り道具なのか。それはどうかしている。

「ママが亡くなったときはうれしかった。私が二十一歳のときだったわ。あんまりうれしくて友達集めてパーティーを開いたんだから。日頃、仲の悪い弟達も招待して、いっしょに祝ったものよ。それからママの持ち物は使うだけ使っているの。ママに対する復讐とまではいかないけど、嫌がらせみたいなものね。身体のサイズはほぼおなじだから服を着たり、靴を履いたりもして、バッグや宝飾品の類いも身に付けているわ。パーティーなんかに、その装いでいくと、自分でコーデしたのよりも格段に評判がいいの。いやんなっちゃう。あ、でも一応、断っておくけど、この裁縫箱はほんとに気に入っているわ。金ぴかのハンコなんかより、ずっとマシだと思わない？」

　金ぴかのハンコとはもちろん玉璽のことにちがいない。キングギドラのフィギュアの出来損ないよりは、裁縫箱のほうがずっとマシだし素敵だった。

「私はこうやって、ママのモノを使っているだけだけどね。ヒドいのはアンドリューよ。ここ何年か、ママがイギリスから運んできた芸術品を持ちだしては売り払って、お金に換えているんだから。パパは気づいていたし、トニーもわかっているはずよ。クリストファーもネットオークションでママの遺品を見つけて、私に連絡をしてきたわ。でもみんなほっといているの」

「どうしてです?」

「たいした額じゃないわ。真の芸術を見抜く力がママには欠けていたってわけ」

さも自分にそういう力があるような言い方だ。

「なのにアンドリューったら、だれにもバレていないって思っているんだから、おめでたいわ」

「お母様はどうしてお亡くなりになったんですか」

「不治の病を患い、闘病生活の果てに亡くなったのであれば、もう少し同情の余地もあったでしょうけどね。だけどママは最後までママだった。酒気帯び運転で崖から落ちて死んだの。お酒だけじゃなくてドラッグもやってたてね。しかも若い不倫相手といっしょだった。サイテーでしょ」ブリジットは大きく溜息をつく。「昔はそんなママを軽蔑していたわ。いまもよ。こんなひとにはなるまいと思っていた。なのに歳を取るにつれ、だんだんとママに似てきてしまった。顔かたちはパパ譲りだけど、中身はママそのもの。世間でもそう言われているし、自分でも認めざるを得ない。他人を見下すことでしか、おのれのアイデンティティを保てないところはそっくりよ。ママに似たのは私だけじゃない。弟達もそう。差別主義者はクリストファーに、酒癖の悪さはアンドリューに引き継がれてしまった」

「い、いまおっしゃった部分はみなさん、あるかもしれません」ミミオを抱きしめながら、コックリは抗議をするように言っていた。「でも三人とも素敵です。ブリジットさんはイイひとだと思います」

「あなたに私のなにがわかるって言うの」

ブリジットは目をつり上げ、緑色の瞳でコックリを睨んでいる。その口調は荒ぶることなく物静かだ。イイひとだと褒めて、こんな顔をされるとは思ってもいなかった。そんな彼女に一瞬、怖気づきながらも、コックリは答える。

「わかります。あたしもおなじだからです。自分の思いや考えがバレないように暮らしてきました」

だからずっとコックリコックリ頷いてばかりいたのだ。ブリジットは頷くかわりに高飛車な態度を取っているのではないか。そう思えてならないのだ。ブリジットはコックリを睨んだままだったが、やがて大きく溜息をついた。

「わからないな」

「なにがです？」

「なにがなんでもフウ一族の当主になるのだという野望が、あなたからはまるで感じられない。それどころか金や権力に対する執着心もあるようにみえない。私達三人のスパルタ教育を受けているのは、純粋に知識欲を満たすためだけにしか思えない。なにしろ教えたら教えたぶんをすべて吸収して、自分のモノにしている」

「はあ、まあ」もしかしてあたし、褒められてる？

「教えて。あなたはフウ一族の当主になりたいの？　なりたくないの？」

ブリジットが訊ねると、ダー子も興味深そうにコックリの顔を見た。足元のタコの助もである。

「あたしもよくわからないのです。でもあの、ブリジットさんをはじめ、お三方に教わるのは楽しくてたまらないんです。それがあと一ヶ月でおわっちゃうなんて残念でなりません。できれば当主にしてくれなくてもいいんで、そのあとも教えていただきたいのですが」

「できっこないでしょ」ブリジットがけんもほろろに言う。

「だったら当主になるしかないですかねぇ」

コックリが言うと、ブリジットは目をぱちくりさせた。そしてタコの助が吠えだす。それがいいと同意してくれているようだ。ダー子の頬がピクピクしているのは、笑いを堪えているにちがいない。

なにがおかしいのだろう。あたしは本気なのに。

「まあ、いいわ。無駄話はこれくらいにして、勉強をはじめましょう」

8

「いい？　タコの助っ。いまからあたしがこのボールを打つからね。拾ってくるのよ」

タコの助はコックリが持つボールに鼻を寄せて、くんくん嗅いだ。いまいるのは邸宅の敷地内にある庭だ。先日、ブリジットとペットボトルロケットを飛ばしたのもここだ。あたり一面芝生に覆われている。広い。少なくとも歌舞伎町よりも広そうだ。

コックリは左手でボールをひょいと上にあげ、落ちてきたところをバットで打った。カキンといい音がする。ひさしぶりに聞く快音だ。同時にタコの助が走りだし、ぐんぐんと飛んでいくボールを追いかけていった。

シンガポールって、バッティングセンターはないんですか。

トニーにそう訊ねると、裁縫道具を貸してほしいと言ったときよりも、訝しげな顔になった。なんでもシンガポールでは野球はあまりしないらしいのだ。ひとつだけあったバッティングセンターも潰れてしまったという。仕方がないので、バットとボールをトニーにお願いしたのだ。

ご用意いたしましょう。なんでしたらピッチングマシンも調達できますが。

トニーは真顔だったので、そこまでしなくていいと丁重に断った。なんだったらバッティングセンターそのもの、いや、球場さえつくってしまいそうだった。

昨夜、夕食（鯖《さば》のみそ煮、炒り豆腐、きゅうりのキューちゃん、ポテトサラダ、のっぺい汁）を食べおわったあとだ。ケース入りの金属バットを三本にボールを二十ダース、さらにボールを運ぶためのキャリーワゴンを、ボクちゃんが持ってきた。ボールは打ちっ放しで、そのままにしておいていいとも言われたが、タコの助に拾わせてみることにしたのだ。

今朝は目覚めると同時に庭にでた。すると朝の六時前にもかかわらず、瞬く間にフウ一族の警備隊の姿が周囲にあらわれた。軍人と見紛う重装備だ。だいぶ距離はあるものの、コックリを見守っているというか、見張っているにちがいなかった。トニーもいれば、クックロビン・ツインズもいた。警備隊の何人かはバイクに跨《また》がっている。そのうちのひとりがボクちゃんだと気づいた。

いまでさえこうなのだ、当主になったらよりいっそう自由がきかなくなるだろう。だとしたら雑居ビルの非常階段の踊り場に座って、歌舞伎町の夜景を臨むなんて到底できないだろうし、歌舞伎町のバッティングセンターにいくのも無理だ。コーチとはもう会えないのか。そもそも日本に帰れるかも怪しい。フウ三姉弟にあれこれ教わるのも楽しいが、失うものもあるわけだ。

うぅん。

そのへん、ダー子さんはどう思っているのかな。

この二ヶ月のあいだ、フウ一族のこの敷地から一歩も外へでていない。なんでも揃っているので困らないものの、いつ何時も使用人や警備隊が目を光らせており、おかげでコックリはミシェル、ダー子はその母である水島ミサコでいなければならなかった。ふたりきりのときもである。自分達の部屋だけでも監視カメラ五台、盗聴器三台を仕掛けられているためだ。トニーの話では監視カメラで捉えた映像は三ヶ月ものあいだ、保存されているという。これでは一時も気が抜けない。ダー子をお母さんと呼ぶのは慣れてきたし、嫌ではなかった。だが困るのはオサカナであるフウ一族を釣りあげ、大金をせしめる本来の目的について、まったく話ができないことだ。

タコの助がボールをくわえて戻ってきた。

「よくやった、えらいわ」

頭を撫でてあげると、とてもうれしそうだ。ドーベルマンがこんなに可愛いなんて思ってもいなかった。もっとやってくださいと催促しているにちがいない。タコの助も室内にばかりいて、飽き飽きしたのだろう。

「いいわよ」と言ってから、コックリはキャリーワゴンからべつのボールを手にとり、軽く放りあげ、バットで打った。カキィイン。我ながらいい当たりだ。これも歌舞伎町のバッティングセンターで教えてくれた、コーチのおかげである。タコの助がすごい勢いで駆けだす。

当初の計画では手切れ金をせしめて、とっとと日本に帰るはずだった。しかしトニーにコックリが偽物だと勘づかれたからと撤収しながらも、その途中でトランプ仮面の集団に襲われ、この邸宅に引き返してきた。なのにトニーはコックリに当主としての素養をつけてほしいと三姉弟に依頼した。さらにレイモンド・フウの喪が明けたあとの毎年恒例のチャリティーガラパーティーで、コックリが当主に相応しいか、三姉弟にジャッジさせるというのだ。

なんでだ？　なんでトニーはさっさとあたしの正体を暴かないんだろ。

トニーが世界一静かなスタバで接触した、杖をついた女のひとは何者だったのだろう。彼女こそがレイモンドの相手かもとリチャードは言っていたがはたしてどうだったのか。もしコックリが偽物だと知っていたとしたら、どうして、我が命をもって責任をとるとまでトニーは言ったのだろう。

うぅん。

頭がこんがらがってしまう。

わからないことはまだある。トランプ仮面達をだれが雇ったかだ。その後、ダー子がトニーに何度か訊ねてはいたが、捜査が難航しておりましてと、言葉を濁すだけだった。あれこれダー子に訊きたいし、相談もしたかった。だけどフウ一族の許にいるかぎりは無理だ。ふたりきりになっても、ダー子とコックリには戻れない。

どこもかしこも監視カメラと盗聴器が仕掛けられているのだ。

なにがどうあれ、先日、ブリジットに言ったのは本心だ。フウ三姉弟に勉強やダンスを教わるのはとても楽しい。コックリが上達すれば、三人はなおも熱心に教えてくれた。あのとき言ったように、いっそ当主になってもいい。でもそれでダー子達が納得するとは思えない。

あれ？　どうしたんだろ。

タコの助が戻ってこない。ボールをすでに拾ってくわえている。コックリにむかって威勢よく走ってきていたのだが、途中で足を止めてしまったのだ。そしてなぜだか空を見上げている。

「タコの助ぇ」

そう呼びかけた途端だ。口からボールを落とし、空にむかって吠えはじめた。なにかと思い、コックリはタコの助の視線の先を見る。

なにかが飛んでいる。豆粒ほどだったそれが、次第に高度を下げてきた。ヘリコプターに似ていなくもないが、プロペラがいくつもついていた。しかもひとが乗れるほど大きくない。ドローンだ。コックリ目がけて飛んできているのだ。

「逃げてください、ミシェル様っ」

トニーが叫ぶのが聞こえた。逃げるっていったって、どこに？　すると警備隊の隊員達が一斉にコックリに駆け寄ってきているのに気づいた。先頭を切って走るバイクはボクちゃんにちがいない。とにかくバットを投げだし、彼にむかって走りだす。タコの助はドローンに吠えつづける。

なになに？　あのドローンがなんだっていうの？

背後で爆竹みたいな音がした。いや、そんな安っぽい音ではない。もっと腹に響く重たい音がつづけざまに鳴った。銃声だ。隊員達が立ち止まり、肩に担いだ銃を構えた。空にむけた銃口から弾が吐きだされていく。こちらも凄まじい音だ。コックリは両手を耳に当てようとする。その寸前だ。

「きゃひんっ」

タコの助の悲鳴に近い鳴き声が聞こえる。走りながらふりむくと、タコの助が芝生の上で倒れていた。

「タコの助っ」

引き返そうとすると、目の前をバイクで塞がれた。ボクちゃんだ。コックリの腋の下に手を入れたかと思うと、いともたやすく持ちあげ、自分の前に座らせた。そしてコックリに覆い被さってハンドルを握り、バイクを発進させる。コックリはされるがままに、小さな身体をさらに小さく縮ませることしかできなかった。バイクで男のひとと二人乗りをするのは、これがはじめてだ。でもまさかうしろではなく、前に座るなんて思ってもいなかった。とてもではないが、いまの状況ではときめいたり、恥ずかしがったりしている余裕はない。

タコの助はどうなったのだろう。自分がバッティング練習なんてしなければ、こんなことにならなかったのにと思うと、悲しくてたまらない。

「クソッ、しつこいなっ」頭の上でボクちゃんが吐き捨てるように言うのが聞こえた。「コックリちゃん。弾を避けるためにジグザグ走行をするから、振り落とされないよう、バイクにがっしりしがみついているんだ。いいねっ」

弾を避ける？

銃声は鳴り止まなかった。しかも間近で、激しさが増している。

「うわっ」バイクが右に傾く。ボクちゃんの膝が地面に着くのではないかというほどの角度だ。かと思うと左に傾き、すぐまた右に傾いた。その繰り返しだ。生きた心地がしない。恐怖のあまり、目から涙が溢れでてきてしまう。そのくせ心のどこかで、ジェットコースターって、こういうものかもしれないと呑気なことを思う自分もいた。

「もうじき屋敷だっ」ボクちゃんが叫ぶ。「あと少しの辛抱だぞっ、コックリちゃん」

「ボクちゃんさんもがんばってくださいっ」

「任せておけっ」そう答えた直後だ。ボクちゃんが「うっ」と小さく呻いた。同時にハンドルが震え、バイクが大きく揺れる。

「だいじょうぶですか、ボクちゃんさん」

「なんのこれしき」

そのときだ。

「ナァァイスショォォォォットッ」

この緊迫した状況下にはそぐわない歓声が、後方から聞こえてきた。女性だ。ひとりではない。クックロビン・ツインズにちがいない。きれいに声が揃っていた。それが合図かのように銃声が止む。つづけて激しい爆音が広い芝生一帯に響き渡った。

バイクが停まる。コックリは恐る恐る顔をあげた。ほんの数メートル先にドローンと思しき機体が、芝生にめりこみ、黒い煙を燻らせていた。

タコの助は？　慌ててあたりを見回す。斜めうしろの百メートルほど先で、芝生に倒れていた。コックリはすべり落ちるようにバイクを降りて走りだす。

「タコの助っ」コックリの呼びかけに、タコの助が顔をあげた。そしてコックリのほうを見ると、むくりと起きて、うれしそうに駆け寄ってきた。

「おまえ、撃たれたんじゃなかったの？」芝生にしゃがんで腕を広げると、タコの助はコックリの胸に飛びこんできた。じゃれつくその身体をたしかめたところ、これといった怪我はない。「心配させないでよぉ、でもよかったぁ」

タコの助の無事をボクちゃんに知らせるために、コックリは振り返った。するとボクちゃんがいたはずの場所に、警備隊が群れている。何事かと見ていると、担架にボクちゃんが乗せられ、運ばれていた。

9

「それで？」ダー子の頬が強張っている。感情を顔にださないよう、抑えているのかもしれない。「カトちゃんの容態はどうなんです？」

まだ朝の七時だ。ダー子はほんのいましがた起きたので、薄化粧で髪はぼさぼさだった。ふたりの部屋にトニーが訪れ、庭で起きた一部始終を話しおえたところである。騒ぎを聞きつけたブリジットとクリストファーもいた。アンドリューもだ。ただし他のみんなは円卓を囲んでいたが、彼は部屋に入ってくるなり、ソファに寝そべってしまった。いまはすぅすぅと寝息を立てている。朝にはふさわしくない派手な服装だ。どうやら朝帰りで自分の部屋にむかおうとした途中、騒動に気づき、ここに立ち寄ったらしい。

「命に別状はありません」トニーが答える。「右肩を弾が擦った程度です。それでもしばらくそのままでいたので、かなりの量の出血を」

「あたしのせいです」コックリは大きな声がでてしまった。足元のタコの助がびくりと震える。「撃たれたあとも、あたしを守るためにバイクを走らせていたから、だから」言葉がつづかない。しゃべっているあいだに、涙がこぼれ落ちてしまったのだ。

「ミシェル様のせいではありません」トニーは諭すように言った。「ミシェル様をお守りするという役目を、カトーは果たしたまでのことです」

「でも」

涙が止まらない。そんなコックリの前に、トニーはハンカチを差しだしてきた。綺麗に四角く畳まれたそれを受け取って涙を拭うと、微かに薔薇の香りが漂ってきた。

「どうぞご安心ください。ひとまず邸内の外科医に傷の手当てをしてもらい、いまは大学病院へ搬送中です。すでに意識は戻っていると報告がありました」

「ほ、ほんとですか」洟を啜りながら、コックリは聞き返す。

「ほんとです」

「よかった」

コックリはホッと胸を撫で下ろす。ダー子の顔からも険しさが薄らぐ。そして彼女はトニーに「どれくらいで戻ってくるのですか」と訊ねた。

「長くても一週間、早ければ三日後には完治するそうです。そのあいだは和食を我慢していただくことになりますが、よろしいでしょうか」

「もちろんです。カトーさんにはゆっくり養生していただかないと」

「カトーだからこそ、ミシェル様をお助けできたと言っても過言ではありません。なにしろ見事な運転技術でしたからね」

「そんなに凄かったの？」ブリジットが訊ねる。えらく興味津々だ。

「それはもう。若い頃の自分を見るようでした」自分を引き合いにだすのはどうかと思ったが、トニーだと不思議に納得できた。「今後もフウ一族の警備隊の隊員として、ミシェル様の命を守ってもらいたいものです」

「ミシェルじゃなくて、私のボディガードになってもらえないかしら？」ふふふとブリジットは笑う。「一見、細身だけど、脱いだら凄いにちがいないわ、彼。前から目をつけていたの。そうだ、どこの病院か、教えてちょうだい。お見舞いにいかなきゃ」

「姉さん」クリストファーが咎めるように言う。「カトーとやらの話はそれくらいでいいでしょう。問題はミシェルを襲ったドローンです。いったいどんなものだったのか、教えてくれないか、トニー」

「仕組みはごく単純なものでした」スマートな語り口はいつもどおりだが、顔はいささか強張っていた。「遠隔操作ができる小型のマルチコプターに、旋回と照準を行うメカニズムを組みこみ、銃器を搭載しただけの、ごく低価格のカスタムメイドに過ぎません。ただし出来はなかなかのものです。アメリカの軍事企業が独自開発で手がけた軍用ドローンに類似のものがあるので、たぶんそれを参考に作製したと思われます」

撃ち落としたのはクックロビン・ツインズだった。ふたりが連続で一発ずつ、銃弾を的中させたという。あの歓声は彼女達だったのだ。

「だれがそんなものを飛ばしてきたんだ？」

「このタイプのドローンであれば電波が届く距離は数キロ程度です。いまその範囲を捜索中ではありますが」

「車であれば、さっさと逃げられてしまうだろ」クリストファーが小莫迦にしたように言う。

「地元警察に協力を仰ぎ、道路を封鎖したうえに検問もおこなっています」

「ドローンからだれがやったか、割りだすこともできるんじゃないの？」ブリジットがトニーにむかって責め立てるように言う。「これこそ五月の蠅の仕業じゃないの？」

「以前も申し上げたとおり、五月の蠅などという組織は存在しません」はじめに訂正してから、トニーは言葉をつづけた。「ドローン自体はネット通販で購入が可能ですが、搭載してあった銃器の出所をさぐっていけば、犯人に辿り着くと思われます。しばらくお待ちください」

「どれくらい待てばいいのよ」ブリジットがなおも言い募った。「このあいだのトランプ仮面達を雇った犯人も、二ヶ月以上経っているのに、まだわかっていないじゃない？　いったいどういうこと？」

えらく辛辣《しんらつ》だ。トニーは「申し訳ありません」と深々頭を下げる。だがブリジットはなおも辛辣な口ぶりでこう言った。

「わかっていてナイショにしているなんてことはない？　トニー」

「どうして私が隠さねばならないのでしょう」

トニーは顔色ひとつ変えずに問い返す。

「そうね。たとえばフウ一族のだれかが、クライアントだったとか」

「一族のだれかって私のことか」クリストファーが言う。ただし怒ってはいない。つまらない冗談を聞いたときのような、白けた口調だった。

「アンドリューの可能性もあるわ」

「あんな酔っ払いになにができる？」ソファで眠るアンドリューをクリストファーは顎で差した。「脳みそまでアルコール漬けなんだぞ、アイツ」

ヒドいことを言う。でも社交ダンスのレッスンでも、アンドリューが酒臭いのはたしかである。

「Disgusted!　What are you talking about?」

英語で喚くのが聞こえた。アンドリューだ。日本語に訳せば、むかつくぜ、なに言ってやがるんだとコックリにもわかった。みんながソファのほうに顔をむけたが、アンドリューは目覚める気配がなかった。

そういえば。

トランプ仮面達に襲われた直後、兄さんか姉さん、どっちかがクライアントだったりして、とアンドリューが言うなり、ブリジットもクリストファーもいきり立っていたのを、コックリは思いだす。

ふたりとも忘れちゃったのかな。

「トランプ仮面も今回のドローンも、案外、トニーじゃないの」

なにを言いだすんだ、このひとは。

「ほう」ブリジットに犯人扱いされても、トニーは動揺するどころか、興味深そうだった。「私がミシェル様を亡き者にする理由はありますか」

「あるわ」

「どんな理由でしょう。参考までにお聞かせください」

「いいわよ。ミシェル母子が偽物だとしたらどうするつもりかと私が訊ねたとき、あなたはなんて答えたか、覚えてる、トニー？」

「もちろんです。万が一、一族の名に傷をつけたなら、我が命をもって責任をとりますと申しあげました。それがどうかしましたか」

「あのときはふたりが本物だと信じていた。でもその後、偽物だとわかったとしたらどう？　ふたりを本物のままで亡き者にすれば、〈我が命〉を守ることができる。ちがうかしら」

そっか、とコックリは危うく声をだしそうになり、咳払いでごまかした。ブリジットの推理は一理ある。でもそれを肯定したら、自分達が偽物だと白状するのとおんなじだ。

「私達母子が偽物だとおっしゃるのですか」ダー子がいきり立つ。コックリにはそれがちょっと白々しく思えた。でもそれは彼女を偽物だとわかっているからかもしれない。「DNA鑑定でも本物と証明されたんですよ。疑う余地はないはずです」

「そうだよ、姉さん」クリストファーが言った。思わぬ伏兵だ。「トニーは嘘をついていない。捜査は難航しているんだ。はっきりとした理由もある」

「理由って」ブリジットは弟を睨みつける。「どんな？」

「姉さんもご存じのように、我がフウ一族の評判はけっしてよくない。悪の一族とまで言われ、蛇蝎《だかつ》のごとく嫌うひと達は少なくない。それでも以前は金さえ払えば、犬のごとく尻尾を振る連中はいくらでもいた」

「うぉんっ」

抗議をするように吠えるタコの助に、クリストファーは「失敬」と詫びてから話をつづけた。

「ところが次第にそうはいかなくなってきた。この数ヶ月、フウ一族に対しての風当たりは日増しに強くなっている。探偵なり調査員なりが、聞き取り捜査の最中、うっかりフウ一族からの依頼だなんて口にしようものなら、追い返されるようなことがたぶん起こっているんじゃないかな。どう、トニー？」

「あまり協力を得られなくなってきたのは、間違いありません」トニーはいつものクールなトーンで答える。

「姉さんも思い当たることない？　どれだけ人気のレストランであっても、予約せずにいっても通してもらっていたのがあっさり断られたり、三日もあればできていたはずのカスタムメイドのドレスが催促しないといつまで経ってもできてこなかったり」

「あるわ」ブリジットは苦虫を嚙み潰したような顔つきになる。「ここ最近、どこで買い物をしても待遇がよくないのを感じるわ。デパートにいけば、以前なら外商が入口でむかえてくれたのに、いまではこっちから連絡しないと姿を見せないし、馴染みの宝石店では二十年来の知りあいの店員に、やたらよそよそしい態度を取られることもあった。なんというか、自分のまわりに見えない壁ができてきたみたい」

「我が社もいま、決まりかけた新たな事業の契約をいきなり延期されたり、我が社が独占していたはずの事業が、よそとの競合になるや否や、あっさり他社に奪われたり、社内では優秀な人材がつぎつぎと引き抜かれたりと、いままであり得なかったエラい目にあっている。要するに上は企業のトップから、下は街中で働く庶民までもが、我らフウ一族と距離を置くどころか、なんなら関係を断とうとしているわけだ。なぜかわかるかい、姉さん」

「あんた、私を莫迦にしてるでしょ」ブリジットは苛立ちを隠すことなく言った。「そのくらいわかるわ。パパが死んだからでしょ」

「そのとおり。我らがパパ、レイモンド・フウにはよくも悪くも強烈なカリスマ性があった。だからこそフウ一族が強引な手法で事を進めたとしても、だれも逆らえずにいたんだ。亡くなってからもしばらくはその威力があったものの、いまやだいぶ薄れてきてしまった。しかもその遺産をだれが受け継ぐのか公《おおやけ》になっていない。世間ではどう言われているか、知ってるかい？　レイモンド・フウの子ども達はいずれもカリスマ性のかけらもない。それどころか人望は薄く、だれからも信頼もされず、好感度もサイテー、パパと比べるまでもなく、ひととしての器があまりに小さい」

「自分で言ってて、悲しくならない？」

自嘲《じちょう》気味の笑みを浮かべながら、ブリジットが訊ねる。

「悲しくて胸が張り裂けそうさ。毎晩、枕を涙で濡らしているよ。だけど客観的事実は受け止めるべきだって、いきつけのセラピストに言われているんでね」そう答えるクリストファーも姉とおなじ表情だった。「そのうえ新たに見つかった腹違いの末娘は、どこの馬の骨かわからない無教養な日本人の子どもで」

「どこの馬の骨かわからない無教養な日本人というのは、私のことでしょうか」

「きみ以外にだれがいる」

クリストファーが少しも躊躇うことなく言う。ダー子はむくれながらも、それ以上はなにも言わなかった。

「この四人のうち、だれが世界第三位の総資産を受け継ぐにしても、揉めるのは目に見えている。そればかりかフウ一族が崩壊の一途を辿ることはまず間違いない、レイモンド・フウの死はフウ一族のおわりのはじまりだったのだと。いまシンガポールの都心部を歩けば、A Farewell to Fu family. というスローガンを掲げたポスターが至るところに貼ってある」

「ビラも配っているしね」ブリジットはうんざり顔だ。「私もあれには気が滅入るわ」

「さらには、こんな噂も立っている。この隙をついて、レイモンド・フウの執事で、陰の実力者と噂されるトニーが、フウ一族の遺産を自らの懐に納めようと虎視眈々《こしたんたん》と狙っているにちがいないと」

「私もその噂をネットで見たわ」ブリジットが問い詰めるように言う。「どうなの、トニー？」

「どうもこうもありません。根も葉もない噂です」トニーは肩をすくめた。その仕草もサマになっている。「みなさんもご存じのようにフウ一族の遺産は十兆円にのぼります。懐に収めるには巨額過ぎます」

「あ、あの、ちょっといいですか」

「なに？」「なんだね？」

ブリジットとクリストファーが揃って言い、射貫くような視線をむけてきたので、コックリはいささかビビってしまった。

「クリストファーさんは、自分達三姉弟はカリスマ性のかけらもなくて、人望は薄く、だれからも信頼もされず、好感度もサイテーで、器が小さいとおっしゃっていましたが」

「言ったは言ったが」クリストファーがしかめっ面になった。「でも他人に言われると傷つくから繰り返さないでくれ」

「ご、ごめんなさい。だけどあの、そんなことはないと思うんです。だってあたしにはあれこれ熱心に教えてくれるじゃないですか。わからないことがあれば、わかるまでトコトンつきあってくれる。あたしはお三方とも好きです。みなさんのよさを世間のひとが知らないだけですよ。だれが継いでもフウ一族は崩壊するなんて、冗談じゃない。そんなことを言うヤツ、許せませんっ。ふざけるなっていうんだっ。だれが継いでも揉める？　揉めずにみんなで力をあわせて、よりいっそうフウ一族を繁栄させればいいだけの話です。あたしは後継者になんかならなくてもいい。だけど一生懸命、勉強をして、微力ながらも兄さんや姉さんをサポートします。ジェフ・ベゾス、ビル・ゲイツがなんぼのもんだって言うんです。総資産世界トップをめざしてがんばりましょうよ。ね？」

しまった。なんだか話をしているうちに、自分がミシェルそのものに思えてきていたのだ。

「Now you're talking!」

ふたたびアンドリューが英語で叫んだ。でも今度は寝言ではない。彼はむくりと上半身を起こしていたのである。

「ミシェルにもわかるように日本語で話せよ、アンドリュー」クリストファーがいさめるように言う。

Now you're talking! くらいわかる。よくぞ言った、だ。

「脳みそまでアルコール漬けはヒドいぜ、兄さん」

「なんだ、聞いていたのか、おまえ」

「でもまあ、否定はできないけどね」

アンドリューは身体を九十度まわし、床に両足を着けると、ゆるりゆるりと、円卓にむかってくる。そしてコックリの右隣の椅子に腰をおろす。

「ヒドいのは姉さんもおんなじだ」

「あなたの悪口なんて言ってないじゃない」

「ちがうよ。こんなかわいい妹を偽物呼ばわりするなんてサイテーだってこと」

「可能性を言ったまでよ」ブリジットは不貞腐《ふてくさ》れて言い返す。

「ぼくは妹だと信じている。だけど偽物だっていいんだ。この子のダンスの才能は本物だからね」

え？

「あ、あたし、ダンスの才能なんて」

「それが駄目なんだ、マイシスター。フウ一族に謙虚の文字はない。だから偽物だと疑われてしまう。そうだ」アンドリューがすっくと立ち上がった。「Shall we dance?」

「いまですか」

「いまさ」アンドリューはコックリの手を取って、無理矢理立たせる。「踊って、きみの素晴らしさを差別主義の兄貴や色ボケの姉貴、それとあぶない執事に見せつけてやるんだ。覚えたてがいいだろう。昨日教えたルンバはどうだ」

「はいっ」コックリは元気よく答えた。

こうなったら仕方がない。本気で踊るだけだ。アンドリューとむきあい、両腕をくねらせ、ゆったりと踊りだす。心配なのはアンドリューのほうだ。いつも以上に酒臭い。しかし踊りがはじまると、しゃんとなった。とろんとした目も瞬時に鋭くなる。お互いの手を取り、四拍子のリズムに乗せて踊る。曲がなくてもだいじょうぶだった。耳の奥でルンバが鳴りだすと、片方の手をつなぎ、前へ前へと歩いていき、見得を切るようにポーズを取る。そしてアンドリューがコックリを引き寄せた。その腕の中で、コックリは右にくるりと一回転してみせる。

いいぞ、あたし。

アンドリューのスパルタ教育の成果を、遺憾なく発揮していく。彼とむかいあってお尻を振る。人前でこんな恥ずかしい真似できるかなと思っていたが、少しも気にならなかった。

ほら、ご覧なさい、コックリ。これがほんとのあたしよ。

ヤマンバのはしゃぐ声が聞こえてきた。ギラギラと眩しい照明の下で、若いホストと身を寄せあい、踊る彼女を思いだす。


歌舞伎町で暮らしていた頃、ヤマンバの許に大金が転がり込んでくることが何度かあった。だいたい二、三百万円といったところか。コックリとおなじように両親を失った年端もいかぬ子どもを、裏社会へ売り払ったときである。

そのすべてをヤマンバはホストクラブにつぎ込んでしまった。いつも一晩のうちだった。コックリもお供した。自分からいきたいと言ったのではない。あんたもきなよ、とヤマンバが誘ってきたのだ。大金を手にしたときだけは上機嫌だったのである。

いきつけのホストクラブがあった。歌舞伎町でも老舗《しにせ》で、ダンスホールがあり、生バンドの演奏までおこなわれていた。そこでお気に入りのホストを相手に、社交ダンスを踊るのがヤマンバの唯一の楽しみだった。彼女が踊っているあいだ、コックリはソファにうずくまるように座り、ジュースを飲んでいた。するとホストのひとりが、話しかけてきたことがあった。

きみのお母さんはダンスがじょうずだね。

あのひとはお母さんじゃないとは言わず、コックリはコックリコックリ頷くだけだった。ホストの言うとおりだった。ヤマンバはダンスがべらぼうにじょうずだった。踊っているあいだは別人のようで、コックリは見蕩れてしまったほどだ。

昔はダンスでメシ食ってたんだ。私こそ本物の歌舞伎町の女王だよ。

ホストにむかって、ヤマンバが自慢げに言うのを、何度も耳にしたことがある。彼女にもよき時代があったのだ。なにがどうして年端もいかぬ子どもを売り買いする身になってしまったのか。同情はしない。しかしほんの少し哀れに思った。

前、うしろ、うしろとステップを踏んで、身体をひろげるようにして、ぴたりと止まる。決まった。するとだれもが惜しみもせず、手を叩いている。中でもいちばん激しく叩いていたのは、クリストファーだった。興奮のあまりか立ち上がって、「ブラボォォオ、ブラボォォオッ」と声をあげてさえいる。ひとりスタンディングオベーションだ。

「凄いじゃないか。ミシェルと組んで、また世界を目指したらどうだ」

「そうよ」クリストファーに同意したのは、ブリジットだ。「だけどそのためには禁酒したほうがいいんじゃない？」

兄と姉に称賛されたのが意外だったらしい。きょとんとしたアンドリューは、やがて照れ臭そうに笑った。

羨ましいな。

そんな三姉弟を見て、コックリは思う。きょうだいどころか母も失い、天涯孤独の身だからだ。

ほんとにこの三人の妹ならばよかったのに。

「そうだ、姉さんに渡すものがあったんだ」

そう言いながら、アンドリューは、自分が寝ていたソファへむかう。

「私に？　なに？」

「今朝方、パーティーがお開きになって、クラブをでたところで、ひどくみすぼらしい格好をした男が走ってきてさ。なんにも言わずにこれを押し付けて、逃げるように去っちまった」

筒状に丸めた紙だった。開かないよう、紐が結んである。

「なんでそれを私に渡すのよ」

「いや、だってさ」アンドリューが結んである紐を解き、紙を広げ、「ごらんよ」とみんなにむけた。

「素敵」

コックリは思わず呟く。そこにはブリジットが描かれていた。彼女のイイところだけをじょうずに抽出したかのようで、まるで聖母か、菩薩《ぼさつ》のようだった。ただ、気になることがひとつあった。

黒一色の木炭画だったのだ。

似たようなタッチの絵を見たことがある。すぐに思い当たった。マーライオン公園にいた絵描きだ。四十歳前後の男性で、ダー子はたったの三十シンガポールドルで似顔絵を描いてもらっていた。左端にサインは〈Eugene〉とあった。

「ユージーンって」クリストファーが声にだして言う。「あのユージーンか、姉さん」

「あのユージーンって」とまで言って、アンドリューは思いだしたらしい。「姉さんが十七歳のときのカレシじゃないか。ウチとは身分がちがうって、ママとパパに大反対されて駆け落ちした」

「駆け落ちはしなかったわ。寸前で止められたの」ブリジットはアンドリューから絵を奪い取る。「そうよね、トニー」

「なんでトニーに訊く？」とアンドリュー。

「止めたのがトニーだからよ。泣き叫ぶ私の前で、ナイフ一本持っていないユージーンを、トニーは立てなくなるほど痛めつけた。画家を目指す彼の利き腕である右腕をへし折ったのよ」

ブリジットは吐き捨てるように言うと、部屋の中はしんと静まった。聞こえてくるのはタコの助の鼻息だけだった。

「二十年近くも昔ではありませんか」トニーはやんわりと言う。

「莫迦言わないで。私は一時だって、あのときのことを忘れたことはないわ。この胸の中では、どれだけ歳月が経とうとも〈いま〉の出来事なの。生涯、あのときのことを忘れないし、あなたを許すつもりはないわ」

ブリジットは全身からただならぬ雰囲気を醸しだしていた。その顔を見て、コックリはぞっとした。これほどひとに対する憎しみを露《あらわ》にした表情は、歌舞伎町でだって滅多に見ることはなかったからだ。緑色の目は怒りに燃えている。だがトニーはまるで動じずに、ブリジットから目を逸らすこともなかった。

「アンドリュー」

「な、なんだい、姉さん」

「ユージーンが待ち伏せていた場所を教えて」

「かまわないけど、まさか姉さん、そこにいくつもり？」

「そうよ」ブリジットは短く答えると、コックリに顔をむけた。「ごめんなさいね、ミシェル。今日の私の授業は休講よ。今日だけではないかもしれない。ユージーンを見つけだすまでしばらくは」

「あたし、知っています」コックリははっきりと言った。

「なにを？」

「ユージーンさんの居場所です」

10

「主人公が恋人のマリアを「ぼくのウサギちゃん」と呼ぶのはどうかと思いました。なんかその」日本語ならばキモいだ。でもいま、コックリは英語で話をしていたのだ。「It's creepy.」

正しいかはわからない。一か八か言ってみたところ、みんながどっと笑った。

みんなというのは〈アーネスト・ヘミングウェイの読書会〉のメンバーである。ぜんぶで十人程度、差別主義者のはずのクリストファーだが、メンバーは人種も性別も職業もバラバラだった。銀行員にツアーコンダクター、劇団員、図書館司書、翻訳家や小説家、そして某国大統領の元夫人なる女性もいたが、どこからどう見てもデヴィ夫人にしか見えない。ただし赤の他人のようだ。

さらにひと際、目立つ男性がいた。えらくクラシカルなデザインのスーツを着た彼は端整な顔立ちだ。彼もまたデヴィ夫人もどきとおなじく、歌舞伎町にいた頃、テレビでちょくちょく見かけただれかに似ていた。三浦春馬《みうらはるま》だ。ただし日本人ではないらしい。名前をジェシーと言い、目は黄色、いや、金色だった。

英語ができるようになったら、読書会とやらに参加させていただけますか。

クリストファーにむかって、そう言ったのは二ヶ月半も前のことだ。正直、コックリ自身も忘れていたくらいである。ところが彼のほうからヘミングウェイの読書会に誘ってきたのだ。ふだんは都心部にあるブックカフェで、二週間に一回、会合を開いているという。ただし十日前、敷地内の庭でドローンに襲われてから、コックリは邸内からでるのをトニーに禁じられていた。いよいよもって軟禁状態だ。そのためクリストファーは読書会のメンバーをフウ一族の邸宅に招いたわけなのだ。これも大変だった。トニーが読書会のメンバーひとりずつ身元調査をおこなったため、許可がおりるまでに五日を要した。

要塞《ようさい》のごとき邸宅に連れてこられたうえに、あちこちに兵士と見紛う重装備の男達のみならず、タコの助以外のドーベルマンまでうろつく邸内に、はじめて訪れたときのコックリ同様、読書会のメンバーはビビりまくりだった。ただしデヴィ夫人もどきは平然として、「フウ一族ともなると、ここまでしなくてはいけないのねぇ」と余裕のコメントを口にしていた。ジェシーも割と平気で、物珍しそうにあたりを見回しているだけだった。

読書会のメンバーが案内された先は、ダー子とコックリの部屋だった。ドアのむこうには十人以上の警備隊が、室内にはボクちゃんがいた。これが復帰後の初仕事である。いや、これより先に一仕事していた。ダー子とコックリの朝食づくりだ。今朝はカボチャのそぼろ煮、水菜と切り干し大根のサラダ、レンコン塩昆布和え、鮭のみりん醤油焼き、ホウレン草と油揚げのおみおつけだった。

タコの助もいる。コックリの隣で、読書会のメンバーの意見を拝聴していた。ときにはなるほどと頷いてもいる。そんな彼に対して、ダー子はコックリのうしろでときどき船を漕いでいた。

ただし、会がはじまる前、三浦春馬にそっくりなジェシーが部屋に入ったときに、ダー子はひどく驚いた顔になった。動揺しているようにさえ見えた。クリストファーも、どうしました？　と訊ねていた。

彼が昔の知りあいによく似ていたものですから。

ダー子がそう答えるのを聞き、コックリはほんまかいなと思った。ダー子の驚き方が尋常ではなかったからだ。ほとんど素だった。さらに言えば、ボクちゃんもジェシーを見て、妙な顔をしたのを、コックリは見逃さなかった。

ふたりともジェシーを知っているとなれば、コンフィデンスマンの仕事になにか関わりがあることではなかろうか。過去のオサカナ？　ならばダー子やボクちゃんを見て、冷静でいられるはずがない。同業者？　こちらのほうがあり得そうだ。

ところがジェシーの肩書きはアメリカ文学者だった。専門はもちろんヘミングウェイで、この九月からシンガポールの国立大学で教鞭を執ることになっているのだという。トニーが身元調査をおこなっているのだから、間違いないだろう。それにしても怪しい。

ジェシーはどんな格好をしていても、どんな仕草でもサマになっていた。デヴィ夫人もどきをはじめ、メンバーの女性陣はだれしも彼に見蕩れている。歌舞伎町であれば、どんなホストクラブでもナンバーワンになれるにちがいない。

今日の議題は『For Whom the Bell Tolls』だった。『誰がために鐘は鳴《な》る』だ。緊張気味のメンバーも、円卓を囲んで議論を重ねるうちに、すっかり和《なご》み、笑い声も絶えなかった。すべて英語でやりとりされていたものの、コックリは八割方聞き取れた。これには自分でもビックリだった。わからないときは「Pardon?」と聞き返せば、だれもがゆっくり話してくれた。中でもジェシーがいちばん丁寧だった。ときには日本語を交えて説明してくれることもあった。

意外だったのはクリストファーだ。終始、楽しそうだったのだ。目尻は垂れ、頬は弛緩しきっていた。それだけリラックスしていたのだ。ふだんとは別人のようだった。声もちがっていた。ソフトで発音もしっかりしており、授業で話す英語よりもずっと聞きやすかった。コックリに対しても生徒というより友達みたいに接してきた。マイシスターと呼ぶことも多かった。それはそれで、コックリはちょっと恥ずかしかった。

「creepy はひどいな」「いやいや、言い得て妙だよ」「昔はそうでもなかったが、いまとなると違和感があるのはたしかだね」「直接、呼びかけるときはウサギちゃんだが、その他にも小鳥みたいだとか仔猫のようだとか、描写されていたはずだぞ」

「そもそもヘミングウェイは女に汚いんですのよ」

読書会のメンバーが侃侃諤々《かんかんがくがく》と意見をだしあう中、デヴィ夫人もどきが言った。荒らげずとも通る声なので、一瞬にしてみんなが口をつぐみ、彼女のほうに視線をむける。それを待っていたかのように、デヴィ夫人もどきは話をしはじめた。

「無名時代、パリでの生活を支えてくれたハドリーを捨て、年下のポーリーンと結婚しながらも、人妻のジェーンと五年間も不倫関係にあって、そのあとはジャーナリストのマーサと不倫をし、ポーリーンと離婚したあとに結婚をしたにもかかわらず、タイム誌の特派員であるメアリに手をだすんですからね。いまだったら世間から袋だたきにあっています」

「だけど最後はメアリ一筋だったですし」メンバーのひとりがおずおずと言う。

「それは二度も飛行機事故に遭い、その後遺症を患っていたからに過ぎません」

「夫人はヘミングウェイがお嫌いなんですか」これはまた、べつのメンバーだ。

「最低な人間でも最高の作品をつくり得るのが芸術の面白いところだとは思いませんか？」

「夫人も恋多き女性と伺っていますが」さらにべつのメンバーが訊ねる。

「それとこれとは話がべつです」デヴィ夫人もどきは澄ました顔で平然と答えた。

「夫人には敵いませんよ」

クリストファーが言うと、円卓を囲むみんなが、どっと笑った。いまいち面白いとは思えないが、コックリもいっしょになって笑う。

「そう言えばクリストファーさん」銀行員が手を挙げた。四十代なかばの男性だ。「ひとつ質問しても、よろしいでしょうか」

「フウ一族の相続問題に関してはノーコメントで」

クリストファーが言うと、ふたたびウケた。こんな冗談を言うひとだったのかと、コックリにとってはこれまた意外だった。

「ちがいます」銀行員が笑いながら言う。「もちろんヘミングウェイについてです。ただしフウ一族にも少し関わることですが」

「なんでしょう?」

「ヘミングウェイについてネットで検索していたところ、あなたのお母様のインタビュー記事に辿り着きまして、それによればあなたの母方のお祖父様が、パリにいたヘミングウェイと親交があった、それだけに留まらず、ヘミングウェイはあなたのお祖父様をモデルに短編を書いており、さらにはその原稿をお母様が譲り受け、イギリスからこの地に持ってきたと」

「え?」「ほんとですか」「いったいなにを」「それってまだあります?」「どうしていままで黙っていらしたんですか、水臭い」「その原稿はいったいどこに?」「イギリスから持ってきたということは」「ここにある?」「もしかして」「私達に披露するために」「お招きくださった?」

読書会のメンバーは一斉に色めきだった。そんな中、ジェシーひとりがにやついている。

「嘘に決まっていますわ」

デヴィ夫人もどきだ。けっして声高に訴えたわけではない。むしろだれよりも小さな声だったろう。それでもメンバーは一瞬にして口をつぐんで彼女を窺う。さきほどとまるでおなじだ。

「その話、あたくし、あなたのお母様から直に伺ったことがありますのよ。でもね」

デヴィ夫人もどきはクリストファーに視線をむけていた。「亡くなった方の、それもご子息の前で、悪口を言いたくないんですけど、よろしいかしら」

「どうぞ。私にとってもけっしてよき母ではありませんでしたので」

「でしたら言わせていただきますけど、あなたのお母様ときたら、見栄っ張りで高慢ちきで、だれに対しても威丈高で、二言目には自分が貴族の出であることを持ちだして、そのくせ意地汚くて吝嗇家《りんしょくか》で、やたらと他人のモノを欲しがって、とくにひとの亭主や恋人はいちばんの好物でしたのよ。あたくしの元亭主も会ったその日に、ベッドへ連れこんだくらいですもの。誤解なさらないで、これが離婚の原因ではありませんのよ」話をしながら、デヴィ夫人もどきの顔は次第に赤く染まり、目が吊り上がり、こめかみに血管が浮きだしてきた。「さらに言えば虚言癖もあって、彼女の嘘で、大勢の殿方が惑わされたものでした。あたくしの元亭主もヒドい目にあったというのに、性懲りもなく、あの女を自宅に誘いこんで、こともあろうに夫婦の寝室で××××××××、まったくあの×××女めっ、とんだ×××××、思いだすだけでも腹立たしいわっ、死んで××、あんな虚言癖の性悪女」

デヴィ夫人もどきは口の端から泡を吹きだしながら、さらに言い募る。××はコックリが英語の意味がわからなかった部分だが、罵詈雑言《ばりぞうごん》にちがいない。遂には円卓をばんばん叩きだした。歌舞伎町に住んでいた頃、ヤマンバが似たような切れ方をしたのを幾度となく見たことがあった。そんなときはなにも言わず、部屋の隅でじっとしていたものだ。触らぬ神に祟りなしである。いまのメンバーも似たようなものだった。タコの助など恐れをなして、コックリの足元で小さく丸まってしまった。

「夫人、どうか落ち着いてください」

そんなデヴィ夫人もどきにむかって、ジェシーが宥めるように言った。その甘いマスクの威力を遺憾なく発揮しており、後光が差しているのではないかと錯覚するくらい、眩しく見えた。そしてじゅうぶんに効果があった。デヴィ夫人もどきの怒りは瞬時に止んだのだ。

「あら、ごめんあそばせ。あたくしとしたことが、つい取り乱してしまって」

「いいんですよ」クリストファーは鷹揚《おうよう》に答えた。「息子の私がこういうのもなんですが、夫人がおっしゃったことは概ね、間違いではありません。でもヘミングウェイの原稿に関しては、あながち嘘ではなかったらしいのです」

「え?」「へ?」「それは」「いったい」「嘘でないとは」「どういうことです?」「ま

さか」

　ふたたびざわつく読書会のメンバーを、クリストファーはまあまあと両手で制した。

「みなさんのことを信用してお話し致します。他言無用、SNSの書きこみなどもぜったいしないと、約束していただけますか」

　クリストファーの言葉にメンバーだれしもがおごそかに頷いた。デヴィ夫人もどきもである。もちろんコックリもだ。頷くのは得意だ。だがジェシーだけがにやついたままでいた。

「先日、弟のアンドリューが、母の遺品を漁って、いや、この言い方は誤解を招くな。片付けていたところ」

　アンドリューが母親の遺品を、主に芸術品を持ちだしては売り払って、お金に換えている話を、ブリジットに聞いたことがある。だとしたら誤解もなにも、ほんとに漁っていたのだろう。

「するとその中にスーツケースを見つけました。女性用ではないし、だいぶ汚れてもいた。とても母のお気に入りとは思えない。どうしてこんなモノをイギリスから持ってきたのか、とは言えアンティークとして価値があるかもと、弟はひとまず中身をたしかめてみることにした。すると中から古ぼけた紙の束がでてきた。よく見ればタイプライターでなにやら文章が綴られている。弟も母からさんざん、ヘミングウェイの話は聞かされていましたので、よもやこれはと、すぐさま私のところに持ってきたのです。二十編ほどの短編小説で、小一時間ですべて読むことができました。その中にはイギリス貴族の放蕩息子を主人公にした作品も含まれていました」

クリストファーの話がおわっても、色めくこともなく、ざわつきもせず、みんな呆気《あっけ》に取られていた。

「それがヘミングウェイの未発表原稿でしたの？」

しばらくしてメンバーを代表するように訊ねたのは、デヴィ夫人もどきだ。その口ぶりから、そうであってほしい気持ちを察することができた。クリストファーの母親を虚言癖の性悪女と言っておきながらどうなんだと、コックリは思わないでもない。

「彼の署名はありました。でもまだはっきりしませんよね、ジェシー教授」

「まだまだです」ジェシーがにこやかに答えた。「博物館に届けていただいたのは一昨日、いままさに鑑定の真っ最中でしょう。結果がでるのはどんなに早くても十日後、でもまあ、独立記念日のパーティーには間に合わせますので、ご心配なく」

「博物館って」

「ヘミングウェイ博物館です」

デヴィ夫人もどきの問いに、クリストファーが答えた。

「母の遺品からでてきたその原稿の真偽について、ジェシー教授に相談したところ、ならばと博物館に連絡していただき、鑑定してもらうことになったのです。本物だとわかった暁には、独立記念日のパーティーで発表するつもりです。彼女に」クリストファーはコックリに視線をむけた。「『For Whom the Bell Tolls』で英語を教えているうちに、自分にとってなにがいちばん大切なのか、思いだしましてね。これから先の人生を、ヘミングウェイに費やしたいとさえ思うようになりました。あの原稿が本物であれば、フウ一族なんてどうでもいい。すべてをなげうって、ヘミングウェイの研究に没頭したい。おっと、これもここだけの話に留めていただきたい。なにしろいまは微妙な時期ですからね。はは」

「いまの私にはフウ一族なんて、どうでもいいのよ」

読書会の翌日だ。ブリジットのいきなりの発言に、コックリは唖然とした。ダー子もだ。タコの助は、何事？　と首を傾げていた。

ブリジットはこの半月で変わってしまった。十七歳のときに駆け落ちをするはずだった相手、ユージーンと再会してからである。彼はコックリが言ったとおり、その日もマーライオン公園で似顔絵屋を開いていたのだ。

ただしブリジットはその再会を無邪気によろこべなかった。トニーに痛めつけられたあと、ユージーンは快復するまでに一年かかった。それでも後遺症は残った。画家としての命だった右腕は動かなかったのだ。しかも脳に障害が残り、世の中すべてモノクロにしか見えなくなっていた。そこで左腕で描く練習を重ね、黒一色の木炭画に取り組むことにしたという。

身体が動くようになってからは玩具工場で働きだした。ウサギのぬいぐるみをつくっていたところにちがいない。経営者が親切な老夫婦で、彼のことを不憫《ふびん》に思い、雇ってくれていたのだ。ところが一昨年の末、突然、玩具工場は閉鎖してしまい、ユージーンは他に職をさがしたものの、なかなか見つからずにいた。やむなく昨年のなかばから、マーライオン公園で似顔絵屋をはじめたところ、まずまずの評判で、いまでは日銭を稼ぐことができているそうだ。ブリジットは涙ながらにトニーの件を詫びると、ユージーンはこう言ったそうだ。

過去は変えられない。いまはきみに会えてうれしい。

以来、ブリジットは午前中にコックリの授業を済ますと、そそくさとユージーンの許へいってしまう。この半月、一日もかかすことなくだ。しかも授業をはじめる前には決まって、ユージーンの話を聞かされる。今朝もそうだった。

十数年振りに再会を果たし、身分格差のある男女の恋物語だ。まるで映画や小説のように、とてもドラマチックだと言えなくもない。

だが聞かされるのはユージーンがどれだけ素敵なひとか、ただのノロケなのだ。他人の夢の話とノロケ話くらい、つまらないものはない。それが十日以上、つづいているのだ。コックリはいい加減うんざりしてきた。ダー子もおなじにちがいない。

タコの助も大きなアクビを連発するようになった。

「どうでもいいとはどういう意味ですか」

ダー子が訊ねた。呆れている以上に、ブリジットの正気を疑っているようにも見えた。

「フウ一族の遺産なんていらないって意味よ。相続する気なんかすっかり薄れちゃったわ。世間様がおっしゃるとおり、私はカリスマ性のかけらもないし、人望は薄いし、だれからも信頼もされてないし、好感度もサイテーだし、器が小さいもの。それに十兆円の遺産よりも価値があるものを手に入れたわけだし」

「それがユージーンさん？」コックリは念のために訊いてみた。

「決まってるでしょ。彼がいれば他になにもいらないわ。私ね、いまがいちばん幸せなのよ。他人と張りあうために、つまらない見栄を張って生きてきたのが、莫迦莫迦しく思えるくらいだわ。世の中、お金でもなければ、地位や名誉でもない。なにがいちばん大切か。愛よ、愛。ユージーンはそのことを思いださせてくれたの。パパもよく言っていたわ。There is nothing noble in being superior to your fellow man; true nobility is being superior to your former self. 他人より優れていることが高貴なのではない。本当の高貴とは、過去の自分自身よりも優れていることにある。いまや私は本当の高貴を知ったのよ。ユージーンのおかげでね」

ブリジットは両手を組み合わせ、宙を仰ぎ見た。その目はハート形になっている。

ちがう。こんなブリジットはブリジットではない。これなら鞭を振り回し、ダー子を追いかけていたほうがずっとマシだとコックリは思う。そして言った。

「三姉弟みんなで力をあわせて、よりいっそうフウ一族を繁栄させなくてもいいんですか」

「A Farewell to Fu family.」ブリジットは呟くように言った。「フウ一族よ、さらば。街の至るところに貼ってある、あのスローガンを見ていたらね。私こそフウ一族からおさらばすべきって思えてきたの。だからもういいの。独立記念日のパーティーを機にフウ一族とは縁を切って、ユージーンの許へいく。シンガポールではない、どこか別天地でふたりきりで暮らすのもいいなぁ。パパもいまの私とおなじ気持ちだったのかもしれないわね、どう？　ミサコさん」

「どうと言いますと」

「パパもフウ一族と縁を切り、高慢ちきなママと別れて、あなたとふたりで暮らしていたかったんじゃないかしら。十数年前にそうしていれば、いまになって、こんなややこしいことにもならなかったのに。そうは思わない？」

「レイモンド様は、奥様のことを可哀想な女だとおっしゃっていました」

「可哀想？　あんなママのどこがよ」

「死ぬまで放蕩癖の抜けなかった父親のおかげで、没落した生家を再興させるためとは言え、好きでもない東洋人と結婚するのは、さぞや屈辱だったろうと」

「パパがそう言っていたの？」

「はい」ダー子は頷く。

そんなはずはない。ぜんぶ嘘っぱちだ。でもやたら説得力があるのはどうしてだろう。

私達はなんにでもなれる。なりたいと思ったものになれる。本物も偽物もない。信じればそれが真実。

ダー子がそう言っていたのを、コックリは思いだす。

「それとお子様であるお三方のことを、いつも気にかけていらっしゃいました」

「なにか余計なことをしでかして、フウ一族の名を穢《けが》さないか、監視していたにすぎないわ。トニーを自分の目にしてね。そしてユージーンにあんなヒドい仕打ちをした。ぜったい許さない」

ブリジットとダー子ははったと睨みあう。どちらも相手に不足なしといわんばかりの迫力だ。このまま摑みあいの喧嘩でもはじめかねないくらいである。だがそうはならなかった。先に視線を逸らしたのはブリジットだ。彼女はぱんぱんぱんと手を叩いた。

「この話はここまでにしましょ。勉強、勉強。ミシェルにはフウ一族の当主に相応しい高い教養を身につけてもらわないと」

「たとえばですよ」こんな質問をしていいか、迷いつつも、コックリは堪え切れずに訊ねた。「たとえば、以前おっしゃっていたように、あたしが偽物だとしたらどうします？」

「偽物？　あなたが？」

「そうです。いえ、ちがいます。いえあの、だとしたらの仮定の話で」

「そうよね。だってあなた、私以上にパパそっくりだもの。目元と鼻筋がそっくり」

「最初、会ったときは、全然似てないっておっしゃっていましたよ」

「そうだったかしら？　ま、いいじゃない。本物か偽物かなんて些細な問題よ。大切なのはフウ一族の当主に相応しいかだからさ。ね？」

11

なぜかそこにキングギドラがいた。ちがう。フウ一族の守り神だ。玉璽である。ずっと昔に盗まれていたのを、半世紀以上昔、フウ一族の三代前の当主が一千億ドルで買い戻した代物だ。

でもどうしてこれがここに？

「偽物よ」ダー子が言った。水島ミサコを演じていない、素のダー子だ。詐欺師に素があるかはわからないにせよだ。「知り合いのフィギュア造型師につくってもらったの。たいしたものよ。盗み撮りしたほんの数枚の写真で、ここまで完璧なものをつくっちゃったんだからね。凄くない？」

凄い。だが元々カプセルトイみたいな造型なのだ。つくりやすかったかもしれない。それよりもだ。

「いま盗み撮りしたっておっしゃいました？」

「おっしゃったわよ。金庫室に入ったときにね。盗撮用の小型カメラを持っていったの」

「どこに仕込んでいたんです？」

「歯」「は？」

「通称トゥースカメラと言ってね。上の前歯にピンカメラのモノよりもさらに小さなレンズを取り付けておいて、奥歯にあるスイッチを噛めば写真が撮れる、超小型のカメラなんだ。親知らずに塡《は》めたメモリを外して、食事をおえた茶碗の下に入れておいて」

「ボクちゃんが受け取った」

「そのとおり」と返事をしたのはボクちゃんだ。

ここはランカウイ島のヘミングウェイホテルだ。最上階のスイートルームで、窓の外には信じ難いほど青い海が広がっていた。悔しいが歌舞伎町よりも見栄えがするのは、認めざるを得ないだろう。コックリとダー子、ではなくミシェルとその母、ミサコとして今夜は泊まるのだ。タコの助もいっしょだ。ミミオもバッグの中に入っている。

いよいよ今日は独立記念日、毎年恒例のチャリティーガラパーティーが開催される。フウ一族の邸宅を自家用ヘリコプターで出発し、このホテルの屋上に降り立ち、そのままボクちゃんの案内でここに通された。

部屋ではリチャードが出迎えてくれた。ただしすぐに彼だとはコックリは気づかなかった。前回とはちがう髪型のカツラを被っていただけではなく、鼻のカタチが団子っ鼻で、耳は福耳、目が鳶色だった。要するに変装をしていたのだ。なんとパーティープランナーとしてヘミングウェイホテルに二ヶ月前から潜り込み、今回のパーティーの準備をしていたらしい。

ここにいる表向きの理由は、パーティーの主な流れと、玉璽授与のセレモニーの段取りをミシェルに伝えるためだという。監視カメラや盗聴器などがないことは、事前に調べておいたので、心置きなく明日の打ちあわせができるとも言った。

なんの打ちあわせかといえばだ。

「偽物のこれと本物の玉璽をすりかえるの」

ダー子が平然と言う。一千億ドルのモノを盗みだす緊張感はまるで感じられない。

「どうやって？」とコックリは訊ねた。あまりのことに声が裏返ってしまう。

「セレモニーのときに、玉璽を床に落としてちょうだい。そこへ私が駆けつけて、偽物とすりかえ、あなたに渡す。それを元の台座に戻せばイイだけ。簡単でしょ？」

「あの、でもあたしが玉璽授与をされるためには、ブリジットさんにクリストファーさん、アンドリューさんのお三方に、フウ一族の後継者だとジャッジしてもらわないことには」

「ぜぇぇぇぇぇぇぇっ たい、だいじょうぶ」とダー子。

「ぜぇぇぇぇぇぇぇぇっ たいだって保証は？」とコックリ。

「長女のブリジットは十七歳のときの恋が再燃して色ボケしているし、長男のクリストファーはヘミングウェイの未発表原稿が本物であれば、すべてをなげうって、ヘミングウェイの研究に没頭したいと言い切り、次男のアンドリューは社交ダンスでふたたび世界一を狙おうとしている。いずれもフウ一族どころではなくなってきているじゃない？　となればあなたに後継者の座を譲るというよりも、押し付けるに決まってているわ。でしょ？」

たしかに。

「そして玉璽授与のセレモニーがおわったところで」

「私の出番だ」

だれだ？

隣の部屋とのあいだのドアが開き、妙ないでたちの人物があらわれた。頭にターバンを巻いて、サングラスをかけ、アロハシャツっぽい服に白いピチピチのパンツ。

「なによ、五十嵐ったら、その格好」

ひさしぶりに見た五十嵐は、もともと巨体だったのが、よりいっそうお腹がせりでていた。妊娠だったら臨月くらいだ。両手を銃の代わりにして、「バンババンバァン」と撃つふりをしてみせた。するとタコの助が応酬するように「ワンワワンワァン」と吠え、五十嵐をビビらせた。

「五十嵐は私の助手として、このホテルで働いているが」とリチャード。彼は一目で高級とわかるソファに埋もれていた。それだけフワフワのフカフカなのだ。「その実体は泣く子も黙る過激なテロ組織、五月の蠅のリーダー、蠅の王だったという設定なんだ。そんな彼がパーティーに乱入」

「ストップ」ダー子が制した。「五月の蠅なんて組織は存在しないってトニーが言っていたわ。蠅の王もいないそうよ」

「かと思いきや、じつはいたってことでいいんじゃないの？」リチャードはにやつきながら言う。「ともかく五十嵐がパーティーに乱入。本番は本物の拳銃を持って撃ちまくる。ただの空砲だけどね」

「でもそんなことをしたら、フウ一族の警備隊に撃たれかねませんよ」

「だいじょうぶだよ、コックリちゃん」

ボクちゃんが前にでて、五十嵐の右腕を取り、さらにはその右脚の内側に軽く蹴りを入れた。五十嵐の巨体がいともたやすく、床に仰向けで倒れたかと思うと、ボクちゃんはすかさず馬乗りになった。そのまわりをタコの助が「ウォンウォン」と吠えながらくるくる回った。

「ブラボォォオオ」リチャードが盛んに手を叩く。「さすがフウ一族の警備隊っ。お見事」

「この三ヶ月でみっちり叩き込まれたからね。だれかが撃つ前に、ぼくが五十嵐を捕まえる。そして彼のシャツを脱がすと」これまた実際に、ボクちゃんが五十嵐のシャツを脱がすと、お腹に爆弾らしきものを巻き付けていた。せりでていたのは、このせいだったのか。「爆弾ですっ。みなさん、そのまま動かないで。私が彼を表に連れだしますっ、どうぞご安心くださいっ」

　ボクちゃんが本番さながらの迫真の演技を披露してくれた。

「と、まあこんな感じで、ぼくと五十嵐はいっしょに去る」

「混乱の極みとなるパーティー会場、その騒ぎに乗じて、ダー子とコックリちゃん、そして私も退出する」つづけてリチャードが説明しだす。彼の座るソファにタコの助が飛び乗り、身体を丸めた。「幸いにして、このホテルには利用客の目には触れないよう、スタッフが移動できる抜け道がいくつもあってね。三人でホテルの制服に着替え、これを通って表に抜けだすっていう寸法だ」

「港までいけば船が準備してあるわ」とダー子。「これに乗ってマレー半島まで逃げれば以上終了。玉璽をブラックマーケットで売り払って、みんなで山分けよ」

「あの」

「なぁに？」

「どうした、コックリちゃん」リチャードだ。「いまになって怖気《おじけ》づいちゃったのかな」

「ぼくらに遠慮することはないぜ、コックリちゃん」これはボクちゃんだ。「嫌なら嫌だと言えばいい。いまなら引き返すことはできる」

「怖くありません。やりますっ」つい力んで言ってしまう。そんな自分をだれもが、ちょっと驚きの顔で見ている。コックリは気恥ずかしくなり、何度か軽く咳払いをした。「ただ気になることがあるのですが、聞いてもらえますか」

「なにかしら」とダー子。「なんだね」とリチャード。「言ってごらん」とボクちゃん。「ボクちゃん、そろそろどいてくれないか」五十嵐が息苦しそうに言った。まだ床に仰向けのままで、ボクちゃんが馬乗りになっていたのだ。

「ダー子さんがおっしゃったとおり、フウ一族の三姉弟は三ヶ月前とずいぶん変わってしまいました。そのきっかけが気になるんです。アンドリューさんはごく自然です。あたしにダンスを教えているうちに、昔の勘を取り戻して、世界に再挑戦しようとしている。これはわかります。でもあとのふたりは、ちょっとひっかかるんです。ブリジットさんは元カレがあらわれ、クリストファーさんはヘミングウェイの未発表原稿が見つかった。いずれも先月の出来事です。元カレは十数年、ヘミングウェイの未発表原稿に至っては百年の時を経て、ほぼ同時期にあらわれた。それもあたしがフウ一族の財産を相続するかどうか、間近になってからです。これってほんとにただの偶然でしょうか」

「鋭いじゃない」ダー子はうれしそうに言い、コックリの鼻をつまんだ。「もちろん偶然じゃないわ。リチャードと五十嵐のおかげ。私達がフウ一族の邸宅で、軟禁状態だったあいだに、ふたりが仕組んだことよ。それにしても見事なものだわ。感心しちゃう。だって二ヶ月半くらいで、あれだけの準備をして実行に移したんだもんね。アッパレよ。だけどよくもまあ、ジェシーが仕事を引き受けたわね。彼をアメリカ文学者に化けさせて、ヘミングウェイの贋作原稿を、より本物だとクリストファーに信じさせるって作戦よね。素晴らしいわ、リチャード、なかなか周到だわ」

　ということはだ。

「ジェシーって、やっぱりみなさんの同業者だったんですか」

「コックリちゃん、気づいていたんだ」ダー子は照れ臭そうに笑う。「そりゃそっか。ジェシーがあらわれたとき、私、マジでビックリしちゃったもんな。クリストファーにさえわかって、どうしましたって訊かれたし。昔の知りあいに似てるって、どうにかゴマカしたけどさ。っていうか、どうやって彼を見つけだしてきたの？」

「すまんがダー子」タコの助の頭を撫でていたその手を止め、リチャードが言った。「なんの話か、まるで要領を得ないのだが」

「いやだなぁ、リチャードったらぁ。なにトボケてるの？　ブリジットの元カレは、ちょっと調べればすぐ見つけることができただろうし、ヘミングウェイの未発表原稿は仔猫ちゃんのだれかに贋作をつくらせたんでしょ。シャーロック・ホームズの贋作をつくって、オサカナを釣ったことがあったけど、おんなじ仔猫ちゃんにつくってもらったのよね。コックリちゃんがドローンに襲撃されてから邸宅は厳戒態勢だったけど、ボクちゃんがヘミングウェイの贋作原稿を受け取って、三姉弟のママの遺品の中に忍びこませて」

「そんなこと、ぼくはしていないよ」ボクちゃんが素っ気なく言う。

「じゃ、だれが贋作原稿を邸宅に」

「そもそも私はヘミングウェイの贋作原稿なんて、だれにもつくらせていないし、ブリジットの元カレもさがしてもいない」とリチャード。

「だったらなに？」ダー子は腰に手をあて、頬を膨らませる。まるで納得がいかないと不服そうだ。「ただの偶然ってこと？」

「でなければ、他に仕組んだひとがいるはずです」

「コックリちゃん」ボクちゃんが訊ねてきた。「きみ、なにか知っているのかい？」

「知っているというか、たぶん仕組んだのはこのひとかもしれないって」

「推理したのか」とリチャード。

「そんな大層なものではありません。三引く二は一だというだけで」

「あっ」ダー子は目をまん丸に見開く。「ブリジットの許にユージーンの絵を持ってきたのも、ヘミングウェイの原稿を見つけたのも」

「アンドリューだ」ボクちゃんが声をあげた。「でもどうしてそんな真似を」

「姉と兄は、ありのままの自分になるために相続自体を放棄する。そして自分ひとりでも反対すれば、コックリことミシェル、じゃなくてミシェルことコックリ？　まあ、ともかくこの子は後継者にならない。そうすればフウ一族の財産をアンドリューが独り占めできるからよ。三匹の子豚だって、末っ子がいちばん賢かったでしょ」

「ダー子、なに威張って言ってるんだ」ボクちゃんが不服そうに言う。「アンドリューが怪しいって言ったのはコックリちゃんだぜ」

「かもしれないって言いましたよね、あたし」コックリは弁解めいた口ぶりで言う。

「あくまでも仮定にすぎません」

「いや、じゅうぶんあり得るぞ」リチャードが言った。ふたたびタコの助の頭を撫でている。「なにせアンドリューはお友達と遊び過ぎて、父親からはビジネスと関わることを禁じられた落ちこぼれ王子だ。以前はレイモンドのポケットマネーを頼りに生きていた。それだって日本円にして十億円は軽く超えていたものの、レイモンドの死によって絶たれてしまった。いくらか貯えはあるとはいえ、いままでどおりパーティー三昧の日々を送れやしない。それと」

「まだなにかあるのね」ダー子はせっつく。「もったいぶらずに、さっさと言いなさいよ、リチャード」

「いやだな。もったいぶってなんかないよ。順序立てて話をしているだけさ。じつは私のほうからもアンドリューについて、話しておきたいことがあったんだ。というのも仔猫ちゃん情報によれば、アンドリューが日本に何度か足を運んでいて、ある人物と接触していたんだよね。証拠の写真も入手しておいた。ハルッ」

「なんでしょう?」

部屋の端から返事が聞こえてきた。丸くて赤いランプがくっ付いた黒い板が、サイドテーブルに置いてあったのだ。

「アンドリューが歌舞伎町のロボットレストランにいる写真を、見せてくれないかな」

「はいっ」

赤いランプを点滅させながら、ハルが答えると、照明が落ちて、白い壁に写真が映しだされた。ケバケバしい光の中、これまたケバケバしくて肌の露出が多い衣装の若い女性が、なぜか頭に鬼っぽい角をつけ、和太鼓を叩いている。そのむこうにアンドリューがいた。ロボットレストランで繰り広げられるショーを鑑賞しているのだ。彼の隣に男性がいた。アンドリューになにか説明しているようだ。

ん?　あれってまさか。

「嘘でしょ?」ダー子にとっても意外だったようだ。「ハルッ。アンドリューの隣の男をアップにして」

「かしこまりました」ハルがダー子の指示どおりにする。

「アカボシじゃないの」

「アカボシ?」

「アカボシエイスケです」コックリの呟きにハルが反応した。そう言っただけではなく、映像に〈赤星栄介〉という文字があらわれ、アンドリューの隣の男を矢印で差したのだ。

「赤星栄介は公益財団あかぼしの会長です。ただしその裏では反社会的勢力の団体を束ね、悪事を重ねており、日本のゴッドファーザーとさえ言われています。ちなみに我らがコンフィデンスマンは、この赤星から過去に二十億円をダマし取っただけでなく、昨年は香港で偽物のダイヤを二億香港ドルで売りつけました。この恨み晴らさで置くべきかと、いまでもコンフィデンスマンを抹殺せんがために世界中から情報を集めています」

「このひとに、みなさん、命を狙われているんですか」

「ある意味、それは赤星の愛情表現なのよね。ほら、好きな女の子の気を引こうとして、意地悪する男の子っているじゃない。あれといっしょ」

なぜだかダー子はうれしそうに言う。とても命を狙われている身とは思えない。

「いっしょなものか」文句を言ったのはボクちゃんだ。「でもいったいアンドリューと赤星はどうやって繋がったんだ？」

　その問いにリチャードが答えた。

「アンドリューの日本好きは本物で、ちょくちょく日本を訪れていた。とは言っても京都《きょうと》や奈良《なら》などには興味がない。アニメやゲームが好きで、その類いの店やイベントに出向いたり、聖地を巡ったりしていたんだ。そんな彼に赤星が接触を図った。もちろん同好の士としてではない。なんでも以前、赤星の世界進出にアンドリューが手を貸したことがあるらしい」

「これはいつの写真？」とダー子。

「レイモンド・フウが亡くなってひと月後です」答えたのはハルだ。

「さっきも話したとおり、アンドリューはパパのポケットマネーだけが頼りだった」リチャードが話をつづける。「そこで彼は以前から親交のある赤星から金を借りることにしたんだ。あるいは赤星のほうから話を持ちかけたのかもしれない。お困りでしたら、ご用立てしますよとかなんとか言ってね。調査してくれた仔猫ちゃん達も、正確な数字まではわからなかったものの、けっこうな額らしい」

「フウ一族の遺産を手に入れれば、キャッシュで返せるな。いや、赤星にそうしたらどうですかと勧められたのかも」

　ボクちゃんは部屋の中をうろつきながら言う。

「私もおなじことを思ったよ」リチャードが大きく頷く。「可能性は大だ」

「ブリジットの元カレやヘミングウェイの未発表原稿も、赤星の入れ知恵とは考えられないかな」なおもうろつくボクちゃんが言った。するとタコの助がソファから降りて、彼のあとを追いかけはじめた。それで、それで？　とでも言うように尻尾をふりながらだ。「だとしたらジェシーの登場もわかる。香港でのヘマを取り戻すために、赤星に協力しているんだ」

「ちょっと待って。そしたらなに？」ダー子は壁に映る赤星をばんと叩く。「赤星は私達がフウ一族という巨大なオサカナを釣ろうとしているのを」

「アンドリューを通じて知っていることでしょう」

明日の天気は晴れでしょうと、さほど変わらぬアクセントとテンションで、ハルが言った。

「そっか」リチャードがひと際大きな声をだした。「トランプ仮面達の襲撃が赤星の差し金だとすれば納得がいく。あれはミシェルに扮したコックリちゃんのみならず、ダー子をはじめ、私達もろとも亡き者にしようとしたにちがいない。ドローンもそうだったかもしれん。実際、コックリちゃんを守っていたボクちゃんをなんの躊躇いもなく撃ってきたんだしな」

「きっとそうだわ」とダー子。

ちがう。そんなはずはない。だって、この赤星というひとは。

「だからか。なるほどね」五十嵐が訳知り顔で頷いている。

「なにがだからなの？」

「いやね、ダー子さん。私にも言おうと思っていたことがあって」

「なによ。早くおっしゃい、五十嵐」

「赤星がこのホテルにきている。ほんのいましがた、ここを訪れる前にロビーで見たんだ」

「それって私達を殺しにきたってこと？」

そう言いながら、ダー子はなおもうれしそうだ。

「どうする、ダー子さん」と言いながらもリチャードもうっすら笑みを浮かべていた。「アンドリューはコックリちゃんの相続を認めないだろうし、赤星が我々の命を狙ってもいる。事態はなおも変わるかもしれない。それでも玉璽は狙うかい？」

「あたりきしゃりきのこんこんちきよっ。ここまできて撤収なんて真っ平ごめんだいっ。てやんでぇのべらんめぇだって言うんだ。アンドリューが相続したらしたで、玉璽は彼に授与される。そのときを狙って奪い取ればいいだけのことでしょ」

「赤星はどうする？　ヤツのことだ、自分で手を汚すような真似はしないはずだ。きっと殺し屋でも雇っているかもしれないぞ」そこまで言って、ボクちゃんは首をひねった。「でもだったら日本にある自社ビルの最上階で、指図すればいいだけのことだ。なんでわざわざここまで足を運んだんだ？」

「殺す前に一目、私に逢いたいと思ったのよ、きっと。やっだ、告白されたらどうしよっ。恥ずかしいぃぃぃぃ」

ダー子ときたら、遠距離恋愛のカレシが会いにくるかのようなはしゃぎっぷりだ。他のみんなは呆れ顔なのに、文句のひとつも言わない。いつものことだと受け流しているみたいだ。

「それじゃあ、作戦決行ってことでいいんだね、ダー子さん」

「もちろん。コックリちゃん、覚悟はできてる？」

「は、はい」

「面倒なことに巻きこんだぼくらを恨んでいないか」とボクちゃん。

「恨んでなんかいません。あたしのまわりにはあたしみたいな子がたくさんいて、そんな子達が、拒むあたしの代わりにヤマンバの手によって、売られていくのを幾度となく見てきました。数日いっしょに暮らし、あたしを姉のように慕ってくれた幼い子もいました。別れるときにその子が泣き叫び、ヤマンバに叩かれた光景をいまでも鮮明に思いだすことがあります。歌舞伎町では自分の身を守るために、大勢の子を犠牲にして生き抜いてきたようなものです。そんなあたしが、おいしいものをおなか一杯食べてキレイな服を着て勉強をたくさん教わって、ほんとにこれでいいのかって思っています。だから、だれかを恨む資格なんて、あたしにはないんです」

いけない。つい余計なことを話してしまった。そう思ったときには、さらにマズいことが起きていた。頰を涙が伝っていたのだ。タコの助が寄り添ってきた。コックリを慰めようとすり寄っている。タコの助の反対側にダー子が立つと、腕をコックリの肩に回し、ぐいと引き寄せた。

「玉璽を手に入れて、ブラックマーケットで売り払って、みんなで山分けしたら、あなたには最低でも二百億ドルのお金が転がり込んでくるわ。それで過去を償うことができる。あなたの代わりに売られた子を助けることは難しい。だけどこれ以上、犠牲をださないよう、お金の力でなんとかできるかもしれない。いや、できる。それはあなた次第。ね？　そのためにもまずは自分の心配をなさい。最後までミシェルを演じきるの。いい？」

「はい、お母さん」

「ハルッ」ダー子はパチンと指を鳴らす。「今回の作戦の成功率は？」

「0・0000000000001パーセントでしょう」

「そんなに低いの？」五十嵐が情けない声をだす。

「ビビってんじゃないよ。だったらその0・00000000000001パーセントを目指して頑張るまでさ」

「0がひとつ足りません」ハルが指摘する。

コックリは壁に映しだされたままの写真を横目で見る。間違いない。アンドリューの隣にいるのはコーチだ。コーチは赤星栄介だったのだ。

コーチがあたしを殺そうとなんてするはずがない。でもどうだろう。あたしがミシェルに化けていると知らなかったら。コックリというか、ミシェルの顔はフウ一族の力によって、マスコミはもちろんネットにも公表されていない。いや、でもアンドリューと繋がっているのであれば、彼からコーチにあたしの顔写真くらい、渡っているかもしれない。

あぁぁん、わかんないよぉ。

こうなったらパーティー会場でコーチをさがしだし、なんとか一対一になって、自分の身許をバラしたうえで、ダー子達を殺さないでほしいと直談判するしかない。だれにも気づかれずにである。

できるか、あたし。

でもやるしかない。

12

できない。無理だ。

真っ赤だったのだ。

四方八方どこを見ても赤で埋め尽くされていた。毎年、このチャリティーガラパーティーに出席する場合、招待客は赤一色で身を包むのが、決まりになっているのだ。

今年も三千人にものぼる招待客が赤でコーディネイトしてきたのである。招待状には記していないにもかかわらずだ。フウ一族の警備隊の制服も赤で統一されている。ホテルの従業員達もだった。年に一度のこの日のためだけに準備されているらしい。そもそもシンガポールの独立記念日は、ナショナルカラーである赤い服を着るのが慣わしなのだ。こんな中からコーチひとりを見つけだすなんて、到底できそうにない。

フウ一族の三姉弟だけはこれまた例年通り、白一色らしいとトニーに聞いたものの、どういうわけか、三人のだれもホールのどこにも見当たらなかった。

ミシェルことコックリはひとり、ピンクだった。まだフウ一族とは認められていないということだ。ピンクをすすめてきたのはブリジットである。彼女はこう言ったのだ。

相続が決まったら、そのあと白のドレスに着替えてくるの。ちょっとした余興よ。面白いじゃない？

とくに異論はなかったので、ピンクのドレスを着ることにしたものの、これがなんとできあがるまでにひと月以上もかかった。

ピンクといっても、歌舞伎町で見るような、目がチカチカするどぎついピンクではない。ほんのりと赤みがかった程度でありながら、見る角度によって、あるいはコックリの動き次第で濃淡が変わった。着心地もいい。くびれを強調するようにできているのだが、締め付けられている感じはない。

最上階のスイートルームで、コンフィデンスマンとしてのミーティングをおえたあとに、このドレスに着替えたのだが、自分でしたのではない。ヘアメイクやらスタイリストやらネイリストやら十数人ものひと達が部屋に押し寄せてきたかと思うと、コックリを着せ替え人形のごとく扱った。ちょっとでも勝手に動こうものなら、叱られたほどである。ネイルの最中、ネイリストのアシスタントにサンドイッチを「あぁぁん」して食べさせてもらった。それがランチだった。ダー子もおなじ部屋で、おなじようにされていた。髪のセットやら化粧やらネイルやら着替えやら、ぜんぶおえるまでに三時間あまりかかった。

最後に一悶着《ひともんちゃく》あった。コックリがミミオを会場に連れていきたいと言ったのだ。ミミオがそばにいれば気持ちが和らぐからである。ダー子も味方になってくれた。とは言っても薄汚れたウサギのぬいぐるみを持ち歩くのは無理だ。歌舞伎町でだって、ヤバいヤツだと思われる。それくらいわかっている。結局、二十分もしないうちに、ピンクのバッグをスタイリストが調達してきた。ミミオを二つ折りにしなければ入らなかったが、やむをえず承知した。

メイン会場であるホールに着いたのは午後二時過ぎだった。盛大な拍手で迎えられた。だがコックリ自身も手を叩いてしまった。まさか自分に拍手しているとは思わなかったのだ。どこからかハリウッドスターでもあらわれるのかときょろきょろしていたところ、「お辞儀をなさってください」と隣にいたトニーに咎めるように言われてしまった。

いまは何時かな。

ホールは五階までの吹き抜けで、随所にヤシやシダの類いの熱帯植物があった。観葉植物と言えなくもないが、いずれも鉢ではなく、土に植えてあり、ずいぶんと立派だった。生い茂っていると言ってもいい。南側は海で、全面ガラス張りなので、日中はじゅうぶん陽が当たるというのもあるだろう。ガラスのむこうは浜辺が間近で、水上のバルコニーがいくつか並んでいた。

三姉弟がコックリ扮するミシェルを、フウ一族の相続人として認めるか、発表するのは午後七時だ。そのあと誰が相続しようとも玉璽授与のセレモニーという段取りである。

コックリの右には赤いドレスのダー子が、左には赤い燕尾服のトニーが常にいっしょだった。そしてやや後方にボクちゃんとタコの助が並んで控えている。三人と一匹の視線が絶えずコックリに注がれていた。それどころか自分の一挙手一投足をまわりのみんなが見張っているようにしか思えない。おかげで緊張のあまり、身体が思うように動かなかった。どうしてもぎくしゃくしてしまう。

しかもつぎからつぎへと老若男女国籍問わず、あらゆるひと達がコックリの許へ挨拶にやってきた。恐るべきことにトニーはすべてのひとが何者か、頭に入っているようだった。相手が目の前にきた瞬間に、トニーはコックリの耳元で、どこそこのだれそれか教えてくれたのだ。何語で挨拶したらいいかもだ。ときにはどこの国のものかわからない言葉を囁き、そのとおりに言うように指示することもあった。これなど冷や汗ものだが、コックリはどうにかこなすことができた。

　こんな状態ではコーチをさがせるはずがない。ただし望みはなくはない。コーチが自分の許に挨拶にくるのをひたすら待つより他に方法はなさそうだ。

「Oh, my sister!」

　オーストリアだかイタリアだかの公爵だか伯爵だかと挨拶を交わしているところに、割りこんできたのはブリジットだった。真っ赤なひと達をかき分けてあらわれた彼女は、トニーが言っていたとおり、真っ白なドレスを身にまとっている。肩がでていて、胸の谷間も露だった。

「トニー、いい加減になさいな」

「私がなにか？」

「ミシェルに、二時間近く立ちっ放しで挨拶させているじゃない。そろそろ休憩させてあげたらどう？　このままだと夜まで持たないわよ」

　ブリジットの言う通りだ。正直に言えば、すでに限界間近だった。

「よかったら私といらっしゃい」そう言いながら、ブリジットはコックリの右の手首を摑んでいた。「外の空気を吸ったほうがいいわ。ね？」

「でしたら私も」

「あんたはこないでちょうだい、トニー」

ブリジットはぴしゃりと言った。彼女から微かにアルコールの匂いが漂っている。頰が赤らんでいるのはメイクが濃いめだからではなさそうだ。

「ミサコさんも遠慮していただきたいの。カトちゃんっ」うしろに控えていたボクちゃんを手招きする。ダー子がカトちゃんと呼んでいたのを、三姉弟も真似るようになったのだ。「あなたはきてくれない？　タコの助もいっしょにいらっしゃい。あなた達でミシェルを守ってもらわなくっちゃ」

「どちらへ」

「水上のバルコニーにいるわ」トニーの質問に、ブリジットは面倒くさそうに答え、コックリの手を引っ張って歩きだした。「三十分で戻ってくるから安心なさいな」


ブリジットに連れてこられた水上のバルコニーは、だいたい歌舞伎町のホストクラブとおなじくらいの広さではあるのだが、そのピーク時よりもひとが多い。歩くのがやっとなくらいの混み具合だ。

メイン会場にいる招待客よりも年齢層がぐっと若く、おなじ赤であっても、カジュアルな服装が多かった。コックリを拍手で迎えいれてくれたものの、そのあとは自分達のおしゃべりに戻ってくれたのは助かった。気楽でいい。

椅子に座れるのも助かった。思った以上に足がパンパンだったのだ。四方に壁はなく、潮風が心地よく、それだけでもコックリの緊張をだいぶ和らげてくれた。海に飛び込みたい衝動に、少なからずかられたものの、しなかった。そんなことをしようものなら、すべてが台無しになってしまう。ひとつ気になるのは、騒々しいヒップホップが終始流れていることだ。でもそのくらいは我慢できた。

クリストファーもいた。ヘミングウェイの読書会の面々と卓を囲んでいたのだ。言い争っているみたいだが、喧嘩や口論ではなさそうだ。ヘミングウェイについて討論しているにちがいない。ただしメンバーがふたり欠けていた。ひとりはジェシー、もうひとりはデヴィ夫人もどきだ。ジェシーは見当たらなかったが、デヴィ夫人もどきはいた。なんとアンドリューと踊っていたのだ。

「どうぞ」ブリジットがグラスを差しだしてきた。「お酒じゃなくてよ。レモネード」

「ありがとうございます」受け取ろうとしたところを、うしろに立つボクちゃんに奪われてしまった。

「毒見させていただきます」

「あら、やだ、カトちゃん。私が可愛い妹を毒殺するはずないでしょ」

「気に障ったら申し訳ありません。でもこれが私の任務ですので」

「嫌だわ」ブリジットは眉間に皺を寄せる。「そういうとこ、トニーにそっくり。ユージーンを痛めつけたとき、彼、いまのカトちゃんとおんなじことを言ったの」

そのユージーンがあらわれた。千鳥足《ちどりあし》でブリジットの隣の椅子にどすんと腰をおろす。赤ら顔で、目が座っている。コックリはちょっと驚いた。マーライオン公園で似顔絵屋をしていた彼とはだいぶ印象がちがうからだ。酔っているからだろうか。それにしてもやけに不遜《ふそん》に見える態度だった。ブリジットが「私の妹よ」とコックリを紹介しても、軽く会釈しただけなのだ。メイン会場にいた招待客達みたいに、恭《うやうや》しくされるのもウンザリだったものの、これはこれでどうなのかとコックリは思った。

ユージーンはブリジットに対してもずいぶんえらそうな口ぶりだった。メシがマズい、酒は安物しかない、客はサイテーで莫迦ばっかだと、不平不満を英語で捲《まく》し立てた。さほど大きな声ではないにせよ、目の前のコックリにははっきり聞き取れた。正直、聞いていて気持ちがいいものではない。ブリジットもおなじことを思ったのだろう。ユージーンの機嫌を取りつつ、宥めすかしていたものの、そうすればするほどに、ユージーンの罵詈雑言は激しくなる一方だった。

「だいたいくだらないと思わないか。なにがチャリティーだ。所詮は金持ち達の見栄の張りあいじゃないか。こんなものに出席して悦に入っている連中の気が知れん」

「でもそのおかげで貧しいひと達が救われているのは事実ではありませんか」

いけね。

つい堪え切れずに、コックリは思ったことをそのまま口にだしてしまった。それもユージーンにわかるよう、わざわざ英語でだ。おなじ言うなら日本語でよかったじゃんと後悔したものの、ときすでに遅しだった。

ユージーンは酒で濁った目でコックリを上目遣いで見た。どうやら凄んでいるようだが、ちっとも怖くない。酔っ払いなんて歌舞伎町には佃煮《つくだに》にするほどいたのだ。これくらいは慣れっこである。やがてユージーンはゆらりと立ちあがった。

「どこへいくの？」ブリジットが訊ねる。

「まだ酒が足らんのさ」

「それ以上、呑まないほうが」

「俺に指図できる立場なのか、きみは」

ブリジットにそう言ってからだ。ユージーンはコックリに「この××××がっ」と英語で捨て台詞を吐き、よろけた足で去っていった。××××なんて言われたのははじめてだ。セクハラどころではない。人権侵害だ。すると隣から唸り声が聞こえた。タコの助だ。いけ好かない野郎だという目つきで、ユージーンの後ろ姿を睨んでもいた。

「ピンクにして正解ね」唐突にブリジットが言った。笑ってはいるが、つくり笑顔以外のなにものでもない。ユージーンのせいで、陰々滅々としたこの場の空気を変えようとしているのだ。「ぜったい似あうと思ったわ。桜の精っていう感じ。素敵よ」

「ありがとうございます」他になんと言えばいいのか、コックリは思いつかなかった。

「礼を言うのは私のほうよ。あなたのおかげで、フウ一族とお別れができるんだもの。A Farewell to Fu family!」

ブリジットは唄うように叫んだ。やけっぱちに聞こえなくもない。それにしてもフウ一族の長女が「フウ一族よ、さらば」だなんて言うのはマズいのではないか。そう思っていると、まわりのみんなはどっと笑った。大ウケだ。自虐ギャグとでも勘違いされたのかもしれない。そこかしこで「A Farewell to Fu family!」と乾杯するひと達までいる。そしてまた笑い崩れていた。

「ほんとにフウ一族と縁を切るおつもりですか」

「もちろんよ。このあいだ、話したでしょ」

「ユージーンさんとどこか別天地でふたりきりで暮らすというのも？」

「なによ？　いけない？」

「いけなくはないのですが、その、ユージーンさんはいつもあんな感じなんですか」

「あんな感じってどんな感じ？」

ブリジットの声が鋭くなる。鞭を振り回し、ダー子を追いかけていたときに戻ったみたいだ。

「なんかその」

「愛想がない？」

「ええ、まあ」コックリの頭の中には、もっとヒドい言葉がいくらでも浮かんでいたのだが、わざわざそれを口にすることもないと、ひとまず頷いておいた。

「仕方ないわ。前に話したとおり、トニーに痛めつけられて右手が使えなくなってからの十数年、ユージーンは辛い人生を歩んできたのよ。世を拗《す》ねてしまっても当然でしょ。でもこれからはちがう。私が十七歳の頃の彼に戻してみせるわ」

できるのかな。

他人事ながらコックリは心配だった。歌舞伎町でもユージーンのようなひとを大勢見てきたからだ。挫折から立ち直れないまま、世の中を恨んで生きつづけるひと達だ。ヤマンバもそのひとりと言っていい。

「あなたはいい子ね」

「え？」

「私のこと、心配してくれているんでしょう？」

「それはあの」ブリジットに内心を読まれ、コックリはしどろもどろになってしまう。はいと肯定するのも変だし、ちがいますと否定もしづらかったのだ。

「ありがとうね。でもだいじょうぶ。あなた、ユージーンの描いた私の絵を見たとき、素敵って言ってくれたわよね」

「ほんとに素敵だったので、思わず呟いちゃったんです」

「ユージーンの才能をこのまま埋もれさせておくのはもったいないと思わない？」

「思います」コックリはコックリコックリ頷く。

「黒一色になっても彼の作品は素晴らしいわ。似顔絵屋ではおわらせたくない。そのために私は力を尽くすと決意したの」

ブリジットはうっすらと笑みを浮かべた。その顔はユージーンが描いた彼女の絵とおなじように、聖母か、菩薩のようだった。

「立派です、ブリジットさん」

「ありがと。私を褒めてくれるのはあなただけよ。ほんとにいい子。でもね。ひとつ不満があるの。言ってもいいかしら」

「なんでしょうか、ブリジットさん」

「それよ、それ。いつまで私のことをそう呼ぶつもり？　いい加減、お姉さんって呼んでくれないかしら」

「お、お姉さん」

「いいわね。可愛げない弟達に言われるよりも、百倍、気持ちがいいわ」

「可愛げなくて悪かったね」

クリストファーだ。白のタキシードに身を包み、赤ら顔の彼は、ユージーンが座っていた椅子に腰を下ろす。そして左手に持つ小瓶のビールをくいと一口呑んでから、「よかったら私のこともお兄さんと呼んでくれないか」とせがむように言った。「それとも私はきみの兄には相応しくないかな」

「そ、そんなとんでもありません。ぜひお兄さんと呼ばせてください」

「無理強いするのはどうかと思うわよ」

「なに言ってんだい。そういう姉さんこそ、お姉さんって呼べって強制したくせに」

「強制じゃないわ、お願いよ」

「ウォンウォン」

「お姉さんとお兄さんに、姉弟喧嘩をするなって言っていますよ」

隣で吠えるタコの助の頭を撫でながら、コックリは言った。

「喧嘩なんかしてないわよ、タコの助」

「そうだ。姉さんとは意見の相違を指摘しあっているだけだ。おっと失敬」

クリストファーはタキシードのどこからかスマートフォンを右手で取りだした。しばらくその画面を凝視していたかと思うと、突然立ち上がり、「イエスッ、イエスッ、イエェエェエエスッ」と雄叫びをあげた。そのよろこぶさまを見て、なにがあったのか、コックリは見当がついた。ブリジットもだ。彼女は弟にむかって、「本物だったのね？」と訊ねた。

「本物だ。ヘミングウェイ博物館からのメールだ。ママの遺品の中にあったのは本物のヘミングウェイの未発表原稿だった」興奮からだろう、クリストファーの声は上擦っていた。「ママもママのパパも嘘をついていなかった」

バルコニーの一角から大きな歓声が沸き起こる。読書会のメンバーだ。するとなんのことかわからないままに、まわりのみんなから「ブラボー」「コングラチュレーション」など祝福の言葉がつぎつぎとあがった。クリストファーは両手を挙げ、それに熱烈に応じていた。するとそこにデヴィ夫人もどきが訪れ、彼を抱きしめるなり、頬に熱烈なキスをした。バルコニーは盛り上がる一方だ。

どうしたんです?

タコの助が心配そうに、コックリの顔をのぞきこんできた。熱狂の渦の中、押し黙っていたからだ。ジェシーは詐欺師なのだ。詐欺師の言うことなんて、ほんとのはずがない。コックリは身体を捻り、背後に立つボクちゃんを見上げる。彼もまた苦い顔になっていた。

どうしよう。ジェシーが詐欺師だとバラすべきか。だけどなぜそれを知っているのだと訊かれたら、答えようがない。アンドリューが財産を独り占めするために仕組んだ罠だとは言えない。話したところで、日本のゴッドファーザーと呼ばれる赤星栄介なる人物がバックにいるらしいなんて、信じてもらえるとは思えない。

あっ。

だとしたらアンドリューならば、赤星栄介ことコーチがどこにいるか、知っているはずだ。アンドリューにコーチの居場所を訊く? 無謀にもほどがある。でもここはイチかバチかやるしかない。なんとしてもコーチにダー子達を殺さないでほしいと頼むのだ。

アンドリューはどこに？

さがすまでもなかった。

「おめでとう、兄さん」

クリストファーの許を訪れていたのだ。ふたりで握手までしている。

「おまえがあの原稿を見つけてくれたおかげだ。ありがとう」

「脳みそまでアルコール漬けの出来の悪い落ちこぼれ王子も、たまには役に立つのね」

ブリジットが笑いながら言う。

「ヒドいな、姉さん。落ちこぼれなのは認めるけど、酒はやめたんだぜ。この半月は呑んでないんだ。今日もノンアルコールで我慢している」

言われてみればそうだった。この半月、ダンスのレッスンをしていても、アンドリューから酒の匂いが漂ってくることはなかった。それどころか朝目覚めて、窓の外を見ると、庭を走る彼を幾度か見かけたことがあった。

「あなたが禁酒だなんて嘘おっしゃい」

「姉さんがそうしろって言ったんだろ」

「まさかおまえ」クリストファーがアンドリューをマジマジと見る。「また世界を目指すつもりか」

「まあね」

「ミシェルと組んで？」

「いや」アンドリューはあっさり否定した。「この子はこれからフウ一族を背負っていかねばならないからね。ぼくとダンスなんてしている余裕はないさ」

あたしがフウ一族を背負っていかねばならない？

「世界を目指すとなると、片手間にするわけにもいかないもんな」クリストファーがしきりに頷く。「どう考えたって、ミシェルにその時間があるとは思えない」

「それはそうかもしれないけど、もったいないわねぇ。ふたりの息はぴったりだったのに。今日がラストダンスになっちゃうわけ？」

そうだった。フウ一族の三姉弟がコックリ扮するミシェルの相続を認めるか、その発表をする前に、アンドリューと共にメイン会場のホールで、ダンスを披露することになっていた。ちょっとした余興だよとアンドリューは言っていたが、三千人もの衆人環視の中で、踊らなければならないのだ。

いや、それよりもだ。いまの話だと、アンドリューはフウ一族の当主になる気はないってことだよね？

ミシェルは自らに訊ねる。

「せっかくだから夕焼けをバックに四人揃って写真、撮りましょうよ」ブリジットが言うとおり、夕闇が迫り、海を赤く染めていた。悔しいが歌舞伎町の夕焼けよりもキレイだ。「ね？　カトちゃん、撮ってちょうだい」

「それはかまいませんが」ボクちゃんは耳に塡めたワイヤレスイヤホンに左手を添えながら、ブリジットが差しだすスマートフォンを右手で受け取った。「ミシェル様はこちらにきて三十分どころか一時間が過ぎています。そろそろメイン会場へお戻りになったほうがよろしいかと思いますが」

「トニーが催促してきたのね」ブリジットが刺のある言い方をする。「あんなヤツの指図なんて、聞くことなんかないわ。もう少しここで家族水入らずでいましょ」

「家族って、あたしもですか」

「決まっているだろ、我が妹よ。そうだ、アンドリュー。おまえもミシェルにお兄さんと呼んでもらえ」

クリストファーがおどけて言う。三ヶ月前、我々とは格がちがいすぎるとコックリとダー子を罵った人物とおなじとは到底思えない。それはブリジットとアンドリューにも言えることだった。

あたしもそっか。

四人並んで、ボクちゃんに写真を撮ってもらう。その出来映えを、みんなでスマートフォンの小さな画面をのぞきこんで、確認していたところだ。

「お三方にもメイン会場へきていただきたいとのことです」

ボクちゃんは声をひそめ、やたら深刻そうに言った。耳に塡めたワイヤレスイヤホンにふたたび左手を添えながらだ。

「なにかあったの？」ブリジットが訊ねた。刺はなくなった。それどころか、むしろ心配顔だ。

「たったいま」ボクちゃんはさらに声を小さくする。「フウ一族を皆殺しにすると、ホテルのフロントに予告電話がありまして」

「だれがそんな電話を」とクリストファー。

「相手は五月の蠅と名乗ったそうです」

13

「五月の蠅なんてテロ組織はないんだろ。ならばテロ予告なんて、神経を尖らすこともないと思うがね」

トニーに突っかかっているのは、クリストファーだ。三姉弟とコックリは一カ所に集められ、周囲をボクちゃんを筆頭に警備隊が囲んでいる。四人の他にもダー子とタコの助、ユージーンもいた。ブリジットが連れてきたのだ。カツラを被り、付け鼻に付け耳、鳶《とび》色のカラコンをしたリチャードも控えている。事と次第によってはパーティーのプログラムを変えざるを得ないので呼ばれたらしい。

招待客が挨拶に訪れても、クックロビン・ツインズが丁重にお断りしていた。彼女達も警備隊のはずだが、赤の制服は着ていない。きちんと盛装していたのだ。それというのも、彼女達ふたりが、セレモニーの司会を務めることになっていたからだ。身体にぴったりフィットしたチャイナドレスっぽい服装で、エイ（あるいはヨウ）は右側に、ヨウ（あるいはエイ）は左側に、腰のあたりまでスリットが入っており、それが外側にむくよう、ふたりは並んで立っていた。挨拶攻めにならないのは助かる。でもこれではいよいよもってコーチと会う確率が低くなってしまった。

コックリはアンドリューのほうを見た。ここで赤星栄介ことコーチの居場所を訊ねることはできない。いったいどうすればいいのだろう。

「きみだって以前、言っていただろう。実際に手を下すことはない、クレーマーとおなじようなものだって」

「五月の蠅は存在しません」トニーが言った。「でもその名は広く知れ渡り、自分達がそうだと名乗る組織がでてきたとしても不思議ではないでしょう。それに今回は少し事情がちがうのです」

「なにがどうちがう？　わかるように説明してくれ」

「ほんの一時間ほど前、正門前やスタッフ専用入口、駐車場入口など、邸宅の周辺八カ所で、同時に爆発がありました」

「ほんとですか」コックリは思わずトニーとクリストファーのあいだに割りこんだ。

「だれかケガはしませんでしたか」

「ご安心ください。だれもいないあいだに爆発したので、死傷者はひとりもでていません。ただしそれなりの爆発効果はありました。高校生レベルの知識があれば調合できる黒色火薬で、起爆装置はごく単純な電池式、本体は鉄パイプを加工して密閉度を高くした手づくり爆弾ではありますが、侮ることはできません。ひとの密度が高い場所で爆発すれば、殺傷能力はじゅうぶんあります。早速、我が警備隊のみならず、ホテルのセキュリティ担当、地元警察にも協力を仰ぎ、ホテル内をくまなくさがしている最中です」

言われてみれば、赤で埋め尽くされたホールに、紺色の制服のひと達が紛れこんでいる。地元警察にちがいないが、それにしては重装備だ。剝きだしのサブマシンガンを持ち歩く者までいた。

「どう予告してきたんですか」

これはダー子だ。いたって冷静だ。正確な情報を仕入れようとしているのかもしれない。五十嵐が五月の蝿のリーダー、蝿の王として登場する予定ではあるが、テロ予告をしてきたのは、べつのだれかだ。

「邸宅での爆発の情報が、私の許に届いた直後、ホテルのフロントに電話がかかってきたそうです。悪質ないたずらだとは思ったものの、念のためにと、フロントの責任者から報せを受けました。相手とのやり取りを録音しておいたとのことだったので」トニーはスマートフォンを取りだし、画面をタップする。「そのデータを頂きました。どうぞお聞きください」

「五月の蝿だ。フウ一族に伝えろ。仕掛けた爆弾はほんの挨拶に過ぎない。我々はほんとに本気だ。今夜、フウ一族を皆殺しにする、覚悟しておけ」

英語だ。ただし本場のではなく、コックリは少し聞き取れないところもあった。いわゆるシングリッシュにちがいない。シンガポール独特の訛りがある英語のことだ。

「ふざけやがって。コイツは×××で×××の×××にちがいないっ」

クリストファーは苛つきを隠すことなく、聞くに堪えない罵詈雑言を吐きだす。顔が真っ赤なのはアルコールのせいばかりではない。そのせいで、そばかすがより鮮明になり、子どもが癇癪《かんしやく》を起こしているようだった。そんな彼をタコの助がちょっと軽蔑のまなざしで見上げていた。

「落ち着きなさいって」クリストファーを窘《たしな》めたのはブリジットだ。トニー達が準備したソファに座り、顔だけをこちらにむけていた。隣ではユージーンが鼾をかいて寝ている。酒を呑みすぎたにちがいない。「いますぐパーティーをお開きってわけにもいかないわよね」

「冗談じゃない。そしたらこの×××にフウ一族が屈することになる」

「あなた、残りの人生をヘミングウェイの研究に費やすから、フウ一族なんてどうでもいいんじゃなかったの？」

「それはそうだけど」ブリジットの指摘に、クリストファーは口ごもり、先がつづかなくなった。

「こう言ってはなんだけど、私達三姉弟はフウ一族の威光でもって、散々っぱら他人に迷惑をかけてきたわ。命を狙われるのは仕方がない。当然のむくいと言ってもいい。可哀想なのはミシェルよ。いきなりフウ一族になって、この三ヶ月、私達にしごかれて、ようやく表舞台にでたと思った途端に殺されようものなら、あんまりじゃない？」

「ぼくもそう思っていた」アンドリューだ。「ミシェルとミサコさんのふたりだけでも、ヘリコプターでウチに帰ったらどう？」

「そうだ」クリストファーが大仰に頷く。「それがいい。玉璽授与のセレモニーはまた後日でも」

「あたし、だいじょうぶです。最後までここにいます」コックリは言った。セレモニーが延期になったら、玉璽を奪えない。だがそれよりもだ。「あたしだってフウ一族のひとりです。お姉さんやお兄さんといっしょにいます。いさせてください」

「セレモニーを一時間繰り上げたらどう？」

「アンドリューの言うとおりだ」すかさずクリストファーが同意する。「いま五時半だろ。三十分後の六時からでどうだ？　セレモニーも簡略化して、さっさとおわらせればいい」

「それにはまずミシェル様がフウ一族の当主に相応しいか、お三方にご判断いただかないと」

「ミシェルでいいひと、手を挙げて」

仰々しいトニーに対して、クリストファーは軽いノリで自ら手を挙げながら言った。ブリジットとアンドリューもなんの躊躇いもなく手を挙げた。

「マジで？」ダー子が言った。うっかり素がでてしまったのだ。慌てて咳払いでごまかしながらも、訝しげな顔でアンドリューを見ている。

「わかりました」と了解してから、トニーはリチャードに話しかけた。「きみ。そのように手配を頼む」

「かしこまりました。それでは玉璽もステージにお運びしましょうか」

「そうしてくれたまえ」

「あら、お目覚め？」むくりと身を起こしたユージーンに、ブリジットが声をかけていた。「お水でも飲む？　なんの話をしていたかって？　フウ一族の新しい当主が決まったのよ」

「お母さん、これ持ってて」

コックリはミミオが入ったバッグをダー子に渡してから、アンドリューの許にいく。そして言った。

「Shall we dance?」

「え？」

「ぜひ踊らせてください。この日のために今日まで練習してきました。それにこの先、アンドリューさんと踊る機会はないかもしれないんですよね。お願いします」

「私も見たいわ、ふたりのダンス」ブリジットがまた、顔だけこちらにむけて言う。

「私もだ」とクリストファー。

「ウォン、ウォン」

「タコの助も見せてくれって言ってるわ」ブリジットの視線がトニーへ移る。「招待客のみなさんにもよろこんでいただけるはずよ。いいわよね、トニー？」

曲がはじまって踊りだすなり、コックリは訊ねた。時間がない。ここは単刀直入に訊ねるしかない。今日はタンゴだ。

「アンドリューさんは赤星栄介という日本人をご存じですか」

「知っているよ。日本にいったときには何度か会っている」アンドリューはあっけらかんと答えた。「十年ほど前、成人になったばかりのぼくに、パパがなにか仕事をさせようと思ってね。公益財団あかぼしのグループ企業がつくる日本酒をシンガポールとマレーシアを中心に輸入する事業を任されたことがあるんだ。商談らしきことはやるにはやったけど、やはり性分にあわなくて、二年足らずでやめてしまった。でもそれが縁で、日本にいく度に赤星さんとは会っている。なんだかんだでその日本酒は東南アジア一帯に普及して、いまでは相当な額の売上らしい。いま話したとおり、ぼくがなにかしたわけじゃないのに、日本にいくと、赤星さんはあなたのおかげですと言ってくれて、下にも置かない歓待をしてくれるんだ」

赤星栄介の世界進出にアンドリューが手を貸した、とリチャードが話していたのは、このことにちがいない。

「赤星さんにお金を借りてはいませんか？」

そう言ってから、くるりとまわって、アンドリューから離れたが、すぐさま右手を握られ、その胸に戻る。そして彼が訊ねてきた。

「なんで借金のこと、知ってるの？」

コンフィデンスマンの仔猫ちゃん達のおかげとは、もちろん言えない。また彼から離れた。つぎに近づいたとき、なんと言えばいいかを考える。視界の端にトニーが見えた。

「トニーさんに聞きました」

身体を引き寄せられるなり、コックリは言った。

「トニーはなんでもお見通しだな」

よしっ。ウマくいった。

「三年前、友達の起業に出資をしたら、半年もしないうちに潰れたばかりか、保証人だったので、借金まで背負うことになってさ。返済の期日に間に合わなくて、パパにも頼めず、やむなく赤星さんに借りることにしたんだ」

「どれくらい？」

「たいした額じゃない。日本円にして、たかが一億くらいさ」

どうもフウ一族のひと達と話をしていると、金銭感覚がおかしくなる。一億円が十万円、いや、一万円程度の認識なのだ。

「そのお金は返しました？」

「いや」アンドリューは平然と答える。

ふたりで手を取りあい、横に並んで、アンドリューは右を、コックリは左をむき、顔を見合わせながらステップを踏んでいく。周囲から自然と拍手が沸き起こる。口笛を吹くひとも少なくなかった。三千人全員ではないにせよ、信じ難い数のひと達が、ふたりのダンスを見ているのだ。

「一億円ものお金を返さなくていいんですか」

「お金の代わりにべつのモノをあげたんだ」

「なにをです？」

「ピカソの絵さ」

「どうしてそんなものを？」と訊ねてから、コックリは思いだしたことがあった。

一九二〇年代、パリにいた三姉弟の母方の祖父は、ヘミングウェイだけでなく、さまざまな芸術家達と交流があった。その中にピカソもいたはずだ。「それってお祖父様の？」

「そのとおり。百年も昔、祖父がピカソに描いてもらったスケッチさ。それをママが譲り受けて、イギリスから遥々シンガポールに運んできて」

「借金のカタとして、赤星さんにあげてしまった」

「こういうものがウチにあるんですけど、興味はありますかと言っただけだよ。そしたら一億円をチャラにするんで、譲ってほしいと頼まれたんだ」

「そのことについて、お姉さんとお兄さんにはお話しになりましたか」

お互い回って背中あわせになってから、コックリは訊ねた。

「言えるはずがないだろ」

苛立ちを隠さない、拗ねたようなアンドリューの答え方に、コックリはカチンときた。

「他にもお母様がイギリスから運んできた芸術品を持ちだしては売り払って、お金に換えているんですよね」

いまそれを言わなくてもいいのに、と自分自身思う。でもコックリは言わずにはいられなくなっていたのだ。

「どうしてそれを？」

「ブリジットさんに聞きました。トニーさんとクリストファーさんもご存じのようです。あたし達のお父様も」

「ちっ」アンドリューの舌打ちが聞こえる。「みんな知ってて一言も注意しないなんて、ぼくを莫迦にしている証拠だよ」

「あなたはそれに甘えて好き勝手してきた。ちがいますか」

「キツいな。きみまでぼくを莫迦にするのか」

青臭せぇこと言いやがって、このボンボンが。

「莫迦になんかしていません。だからこうして、あなたの駄目なところを指摘しているんです」

ふたりは百八十度回転してむきあう。二十センチは背が高いアンドリューを見上げながら、コックリはさらに話しつづける。

「いままで持ちだしたモノの数はどれくらいですか」

「両手で足りる程度だよ」アンドリューの目が泳いでいる。

「ほんとのことを教えてください」

「三十点くらいかな」目は泳ぎっ放しだ。ステップを踏む合間に、コックリはアンドリューの右足を軽く踏んでやった。「痛っ」

「ほんとは何点ですか」

「絵画や陶器、彫刻といった芸術品が三十二点、家具や食器などアンティークが二十三点、ぜんぶで五十五点」

「買い戻してもらえますか」

「え？」

「どれだけかかってもかまいません。いいですね」

「あ、うん、わかったよ。フウ一族の次期当主直々の命令だ。従わざるを得ないな」

「よかったら、当主の座をお譲りしてもかまわないのですが」

「いや、けっこう」アンドリューはあっさり断った。「とてもじゃないが、ぼくはそんな器じゃない。自分でもよくわかっている。きみのほうがずっと相応しい。ぼくの話なんかだれも聞いちゃくれない。でもきみが頼めば、だれだってその気になって頑張ってしまう。きっときみ自身が頑張っているからだろうな。何事にも真面目に取り組むその姿を見ていると、ひとはそれに応えようと必死になるんだ。実際、きみにダンスを教えろって、トニーに言われたときは冗談じゃないと思ったけど、教えているうちにどんどん楽しくなってきたしね。そのうち段々とこれから先、自分自身がやるべきことに気づいたんだ。ぼくだけじゃない、姉さんや兄さんだって、おなじはずだよ。そして三人ともフウ一族の当主とはべつの道を選ぶことになった」

アンドリューに褒められたものの、コックリはうれしさよりも動揺が先立った。危うくステップを間違えそうになるのを、どうにかしてごまかす。

「ユージーンに会ったのも、ヘミングウェイの原稿を見つけたのも、ただの偶然ですか」

「もちろんだよ。偶然でなければなんなの？」

アンドリューの目は少しも泳いでいなかった。いま話したことに嘘偽りがない証拠である。彼はやはりフウ一族の当主になる気などさらさらないのだ。つまり朝にダー子達と導きだした説はとんだ見当違いで、トランプ仮面もドローンも、べつのだれかの仕業だったことになる。

いや、でも。

「赤星さんはこのホテルにきていますよね」

「あそこにいるじゃないか」

へ？

「あ、あそこってどこです？」

「きみの真後ろ。ターンをすれば見えるよ。ココナッツの木の真下で、ぼくらにスマートフォンをむけている」

アンドリューの言葉がおわらないうちにくるりと回る。いた。真っ赤なスーツを着ているが、紛れもなくコーチだった。

「アンドリューさんが招いたんですか」

「うん。一昨日、ぼくのスマホに電話をかけてきたんだ。きみのことをちょっと訊かれた。母親が日本人らしいが、どこで暮らしていたのだろうってね。だからカブキチョーだって答えておいたよ。そしたら」

そこでふたりは離れ、また寄り添う。

「そしたら？」

「やはりそうかって。もしかして赤星さんときみは知りあいなの？」

「歌舞伎町で何度か見かけただけです」

そう答えてから、コックリは不安にかられてきた。

コーチがあたしの正体を知っているとしたら？　ミシェルなどではなく、お人好しのウメの娘だとバレているのでは？　自分から二十億円をダマし取り、偽物のダイヤを二億香港ドルで売りつけた、憎きコンフィデンスマンの一味となり、フウ一族を騙そうとしていることもわかっているのかも？　それをフウ一族に明かして、なおかつダー子達を自分に引き渡すよう交渉しにきた？　ああやってスマホであたしを撮っているのは、ヤマンバとともに暮らしていたコックリこと、こころだと確認するため？

ヤバいヤバい。

なんにせよダンスがおわったら、すぐさまコーチの許に駆けつけねば。そしてせめてダー子達を殺さないでほしいと嘆願するしかない。

曲はすでに終盤をむかえていた。心穏やかではないが、身体は勝手に動き、足はきちんとタンゴのステップを踏んでいる自分に、コックリは少なからず驚いた。

「偶然でもないか」アンドリューがぼそりと呟くのが聞こえた。

「はい？」

「さっきの話。ユージーンに会ったのは、ぼくがクラブからでるところを待ち伏せしていたわけだからね。偶然とは言い難いなと思って。ヘミングウェイの原稿の在《あ》り処《か》も、じつはユージーンが教えてくれたんだ」

「どうして彼が在り処を知っていたんです？」

「ぼくらのママは生前、ほぼ毎晩、夜遊びにでかけていたのは知っているだろ。そのあいだに十七歳の姉さんがユージーンをママの部屋に連れこんでいたんだ。大胆だよね。そのときすでにユージーンはママの部屋でヘミングウェイの原稿を見つけていたのさ。本物か確信はないけどと、ユージーンが教えてくれたんだ」

「いつですか」

「ぼくに姉さんの絵を渡しにきたときさ。クリストファーがヘミングウェイマニアであることも知っていて、兄さんに渡せばよろこぶはずだとも言われたよ」

なんてこった。

コックリがそう思うのと同時に銃声が鳴った。

14

阿鼻叫喚とはまさにこのことだろう。四方八方から悲鳴があがり、どこかへ逃げようと走りだす者もいれば、頭をおさえ、その場にしゃがみこむ者もいた。

「Freeeeeeeeeeeeeeeeeeeeeeeeeeeeeeeeeeeeeeeeeeeeeeeeeeze!」

ホールぜんたいに声が響き渡る。随所に設置されたスピーカーから聞こえてきたのだ。タンゴの曲はおわりかけていて、アンドリューとコックリはもう踊っていない。立ちすくんだままだ。すると背後にいつの間にか紺色の制服を着た男がふたり立っていた。年齢はどちらも二十歳前後だ。地元警察のはずだが、どういうつもりか、サブマシンガンをそれぞれアンドリューとコックリにむけ、さらには両手を挙げるように促してきた。歌舞伎町でも、ここまで絶体絶命の危機を迎えたことはない。

「我々はぁ、五月の蝿だぁ」

そう名乗ったのはユージーンだった。セレモニーのために組まれたステージの上で左手にマイクを握りしめ、右手に銃を持ち、その先をブリジットにむけていた。右手？　彼の右腕は動かなかったはずではないか。

「フウ一族以外の者を巻き込む気はないっ。フウ一族の警備隊も我々に歯向かわないでくれ。こんな無能な一族のために命を落とすような真似はすべきではない」

壇上にはふたりの他に、クリストファーとトニー、そしてダー子もいた。ひとりにひとりずつ警察官がうしろにいて、コックリ達とおなじように、サブマシンガンを突きつけられている。ボクちゃんやクックロビン・ツインズといった警備隊に交じって、カツラ付け鼻付け耳カラコンのリチャードも、おなじステージの端っこに立たされ、銃をむけた警察官達に囲まれていた。玉璽はすでに運ばれており、ステージの中央にあった。ガラスケースの中に鎮座している。司会を務めるクックロビン・ツインズのための演台もあった。

ひとり、ではなく一匹いない。タコの助はどこへいってしまったのだろう。

「A Farewell to Fu family!」

ユージーンが叫ぶ。すると会場のさまざまなところから、「A Farewell to Fu family!」と聞こえてきた。コックリ達に銃口をむけたふたりも声を張りあげていた。

「きみ達は警察じゃないのか」アンドリューが問いかけると、背後のふたりはせせら笑った。

「いまごろ気づくなんて」「やはりフウ一族は無能だな」

「フウ一族の邸宅周辺で八カ所、手づくり爆弾を爆発させて、危機感を煽った。そうすれば協力を仰ぐはずの地元警察になりすまし、銃器を持って、ホテルの正門玄関から堂々と入ってこれたってわけね」

無能呼ばわりされたのがカチンときて、コックリは思いついたことを一気に捲し立てる。その勢いに偽警察官ふたりはいささか押され気味だ。こんな状況なのに、なんか気持ちがいい。コックリコックリと頷いていた頃には得られなかった快感だ。

「本物はどうしたの?」コックリはつづけて訊ねた。

「パトカー十数台で、このホテルにむかうところを、さきほどのは誤報でしたと無線で連絡をして、すべて署にお引き取り願ったのさ」「お詫びにと全員分のピザを贈っておいた。これはぼくのアイデアだ。我々、五月の蝿はあくまでもフウ一族だけをこの世から殲滅《せんめつ》するのが目的だからね」

「なにをグズグズしているんだ」壇上からユージーンがコックリ達のほうを見ていた。「さっさとそのふたりをここに連れてこないか」

「いけね」「そうだった」「余計な話をしている場合じゃなかった」「さっさと歩け」

背後のふたりに促され、アンドリューとコックリがステージにあがった。警備隊とは反対側の端っこに立たされた。銃を突きつけたまま、偽警察官がふたりのうしろに立つ。コックリがいちばん端っこで、しかも司会用の演台の真ん前だった。そこにはクックロビン・ツインズが使うはずのマイクもあった。ただし卓上マイクスタンドは二本あるが、マイクは一本しかない。もう一本はユージーンが使っているのだ。それにむかって、彼はがなり立てていた。

「我々ぇ五月の蝿はぁ、シンガポール建国以来、悪行を重ね、強引な手法により自らの富を蓄え、我ら市民を苦しめてきたフウ一族に、鉄槌を下さんがために結成した組織である。そして遂に時がきたっ。A Farewell to Fu family!」

「A Farewell to Fu family! A Farewell to Fu family!」

「お金が欲しいの?」ブリジットだ。ユージーンに銃口をむけられているのに、少しも物怖じしない。「だったらいくらでもあげるわ」

「諸君、聞いたかね。これがフウ一族だ。なんでも金で解決しようとする賤しき連中なのだ」

「莫迦言わないで。この世の大半のことはお金で解決しているわ。それのなにがいけないって言うのよ」

「うるさいっ。きみのそういうところが嫌いなんだ。こっちがなにか言おうとする前に、やいのやいの言ってきて、結局は自分の意見を押し通そうとする。十七歳のときからちっとも変わってないな」

「十七歳のときから変わっていないきみが好きだって言ってたじゃないっ。あれは嘘なの？」

「ああ、嘘だ。ぜんぶ嘘だ。だれがきみみたいな高慢ちきで嫌な女を本気で好きになるかって言うんだ。十七歳のときだってそうだった。身体目当てでつきあっていただけさ。それを勝手にのぼせあがって、駆け落ちしようって言われたときは、どうしようかと思ったくらいだ。断るつもりで待ち合わせ場所にいったら、そこのトニーってヤツには、ボコボコにされるし」

「右手、使えたのね」ブリジットが皮肉めいた口ぶりで言った。「ボコボコにされて半身不随で寝たきりで、何年もリハビリをして、でも画家としての命だった右腕は動かなかったんじゃないの？　どこまでが嘘なのか、はっきりおっしゃいなっ」

「黙れっ。それ以上なにか言ったら、撃つぞっ。本気だからな」

そこでユージーンは我に返ったような顔つきになった。いま自分がどこにいるか、本来すべきことはなにかを思いだしたみたいだ。

「わ、我々ぇ五月の蝿はぁ、いまここでフウ一族の公開処刑をおこなう。会場にいる諸君においてはぁ、この歴史的瞬間に立ち会っていただきぃ、これからのことをすべて目に焼きつけぇ、末代まで語り継いでいただきたいっ。繰り返し言うが、フウ一族以外の者を巻き込む気はないっ。A Farewell to Fu family!」

「A Farewell to Fu family! A Farewell to Fu family!」

「撃てるものなら撃ってみなさいよっ。ざけんじゃないわよ、ひとの気持ちをさんざん玩《もてあそ》んでさ」

「でもきみは生きている」

「生きてちゃ悪い？」

「悪いに決まっているだろ。しかもきみは、フウ一族のせいで、どれだけひとびとが不幸になったのか、まるで気づかずに、あるいは気づいても知らぬふりをして生きている。十七歳のときならばまだしも、四十歳手前になってもそのままだ。今日のパーティーなんて、まさにフウ一族を象徴している。金を集めて貧困層に振る舞うだけ。本気で貧困層を救う気があれば、根本的に社会を改善する必要があるのに、それを考えようとしない。ちがうか」

いままでのように、ユージーンは声高ではない。だがブリジットは息を飲み、言い返せないでいる。コックリはじめてフウ一族の邸宅を訪ねたとき、クリストファーに言われたことを思いだす。

底辺の人間は底辺で暮らしていたほうが幸せにちがいないのです。

「フウ一族に会社を潰され、土地を奪われ、生きる希望を失い、身体を壊して病死した者もいれば、自ら命を絶った者もいる。そうやって家族や友人知人を亡くした者が集い、フウ一族に復讐を誓った。それが我々五月の蝿だ。きみのところの番犬に痛めつけられ、快復するまでに一年かかったのはほんとだ。そのあいだ、右手が動かずに、左手で絵を描く練習をしたのもな。世界がモノクロにしか見えなかったのも嘘じゃないが、次第に治ってきた。でもいまでもそう見せかけているのは、そのほうが哀れんでもらって、似顔絵が売れるからさ。玩具工場で働いていたのもほんとだ。経営者の老夫婦にはずいぶんとお世話になったよ。堅実経営だったのが、ここ数年振るわず、遂には工場がある土地を売らざるを得ない状況になった。そこに乗りこんできたのが、フウ一族のグループ会社さ。はじめのうちは資金援助をします、工場はこのままつづけてもらってもかまいませんなんて、ウマいことを言っておきながら、結局はその土地を安く買い叩いたうえに、工場を取り壊し、マンションをぶっ建てた。最初からそのつもりだったんだ。老夫婦はまんまと騙されたってわけさ。ふたりは俺達従業員全員に、じゅうぶん過ぎるほどの退職金を払い、そのあとは行方知れずになってしまった。半年後にふたりはどこで見つかったと思う？海岸に遺体で揚がったんだ。心中したんだ。海に飛びこんでも離ればなれにならないよう、旦那さんの右手と奥さんの左手は縛ってあったらしい」会場のだれしもが固唾を飲んで、ユージーンの話に耳を傾けていた。「これはただの一例に過ぎない。フウ一族は、他人の不幸を餌に太りつづけてきた賤《いや》しい豚だ」

　他人の不幸。その言葉にコックリははっとする。ヤマンバの手によって、売られていった子達の顔が、つぎつぎと脳裏に浮かんできたのだ。心臓を鷲掴みにされたように息苦しくなる。

「フウ一族は死ぬしか詫びる手段がないんだ」改めてユージーンは銃をブリジットにむけた。「覚悟しろ」

「一言いい？」

「いまさらなんだ？　私は本気で愛していたなんて言っても無駄だぞ」

「私が愛していたのはあなたじゃない。あなたの才能よ。あなたの絵は素晴らしい。これからも描きつづけてちょうだい」

　銃を握るユージーンの手が微かに震えていた。思いがけぬブリジットの言葉に、迷いが生じたにちがいない。

「やめてくださいっ」コックリは前にでようとしたが、できなかった。背後にいた五月の蝿に腕を摑まれてしまったのだ。それでも言葉はつづけた。「たしかにあなたのおっしゃるとおり、フウ一族は大勢のひとびとにヒドい仕打ちをしてきました。そうした過去の過ちを詫びたうえで、可能なかぎり償っていきます。過去は変わらない、でも未来を変えることはできる。フウ一族は変わります。次期当主のあたしが変えてみせます。巨万の富を独り占めするつもりはありません。そのお金を使って、だれしもが満足できる生活が送れるような社会づくりを目指します」

「そんなもの、所詮は口先だけに決まっている」

「ちがいますっ。あたしは本気です。これ以上、ひとが不幸になるのを見たくないんです。嫌なんです。歌舞伎町で暮らしていたときも、さまざまなひと達が、辛く厳しい人生を送っているのを見てきたし、あたし自身もそうでした。だからあなたが、ひとを憎む気持ちもわかるんです。フウ一族が憎い。世間が憎い。道往くひとが楽しそうにしているのが憎くてたまらない。そうですよね？　でもだからって、いまここで血を流してどうするんです？　あなた方、五月の蝿が犯罪者になるだけでしょう？　そんなのなんの意味もありません。これまでのフウ一族の過ちを指摘できるのは、あなた方です。どうすればよりよき未来をつくることができるか、いっしょに考えていきませんか」

フウ一族の次期当主だなんて自分で言っちゃって、あたしはどういうつもりなのだろう、とコックリは思わないでもなかった。でもいま言ったことに微塵も嘘はない。思いの丈をすべてぶちまけたのだ。英語で話したのだが、果たしてユージーンに通じたのか、いささか不安である。

「Bravooooooooooooooooooooooooo!」

遠くで聞き覚えのある野太い声がした。コックリはそちらに目をむける。ココナッツの木の真下だ。やはりコーチだった。さらに彼はこう叫んだ。

「The new head of the Fu family,BANZAI!」

それにつづけとばかり、いたるところから「BANZAI!」「BANZAI!」「The new head of the Fu family,BANZAI!」の声があがった。拍手まで沸き起こる。

なんだなんだなんなんだ。

「ミシェル様、皆様の歓声にお応えください」とトニー。

「どうしてです?」

「きみのスピーチをみんなが絶賛しているからに決まっているだろ」これはアンドリューだ。

「あたし、スピーチなんかしていません。ユージーンさんに訴えかけていただけで」

「なんにせよきみの声は、演台のマイクが拾って、スピーカーから流れていたんだ。気づかなかったのか」クリストファーがちょっと切れ気味に言う。「いいから笑って手を振ればいいんだっ」

すると間近で銃声が鳴った。ユージーンだ。ただし彼が撃ったのはブリジットではなく、玉璽が入ったガラスケースだ。その破片がステージの床に飛び散り、玉璽がむきだしになった。

「なにが The new head of the Fu family,BANZAIだっ。笑わせるな」ユージー

ンは銃をコックリにむける。「どうすればよりよき未来をつくることができるか、いっしょに考えていきませんかだと？　俺らを手懐けるつもりだろうが、そうはいくものか。ウマいことを言って、結局は俺達を始末するんだろ。フウ一族の手の内はお見通し」

そこでユージーンは口を閉ざし、コックリを凝視した。穴が空くほどという比喩がピッタリなくらいである。

「思いだしたぞ。どこかで会ったことがあると思っていたんだが、きみはマーライオン公園で会った、あの子だよな。ミミオを持っていた」

「あ、はい」コックリは頷くしかない。

「どうしてきみがフウ一族の次期当主なんだ？」

どうしてだろ。

いや、ちがう。うっかりその気になっていたが、玉璽を盗んでダー子達と逃げるんだった。でもどうすれば。

「ウォン、ウォンウォン、ウォンウォンッ」

タコの助だ。ステージにむかってまっしぐらに駆けてきたのだ。そのうしろを妙な格好をしたオジサンが追いかけている。五十嵐だ。頭にターバンを巻いて、サングラスをかけ、アロハシャツっぽい服に白いピチピチのパンツ。ガンベルトを腰につけ、左右に銃をぶらさげていた。

タコの助に五十嵐の順で、ステージにあがってくる。

なぜ、このタイミングで？

そう思ったのはコックリだけではないようだ。ダー子もボクちゃんもリチャードもブリジットもクリストファーもアンドリューもユージーンも五月の蠅も三千人の招待客も全員、目が点になっている。タコの助はよかれと思って呼んだのだから、責めるのは可哀想だ。問題は五十嵐だ。

どうしてノコノコでてきてしまった？　この状況をわかっていないのか。いないんだな、きっと。

「わ、私は」

五十嵐はステージの中央に立ち、なにか話そうとしていたものの、肩で息をするばかりだった。間近で銃を構えるユージーンに気づいたものの、とくに驚いた様子もなかった。それどころか、「あ、すみません、それちょっといいですか」と、ユージーンが左手に持ったままだったマイクを取りあげた。いや、だったら銃を取りあげろよとコックリだけでなく、五月の蠅以外の全員がつっこんだにちがいない。

「ヒャァァハッハッハッハッハ」五十嵐はマイクにむかって、芝居がかった不自然な笑い方をした。「我輩の名は蠅の王っ。五月の蠅のリーダーだっ」

「ふざけたことを言うなっ」

ユージーンが絶妙なタイミングで言った。

「ふざけてなどおらぬ。世間一般では五月の蠅など存在しないというが、ここにこうしておるのだ。しかも我輩はそのリーダー、蠅の王」

「莫迦にするのも大概にしろっ」我慢しきれなくなったのだろう、ユージーンが銃を五十嵐にむけた。「それ以上、蠅の王を侮辱したら許さんっ」

「いや、だから我輩こそが蠅の」

五十嵐は言葉をつづけることができなかった。彼の鼻の穴にユージーンが銃口を押し付けてきたからだ。

「こ、ここここれはいいいいったい、どどどど」

「タコの助っ、いきなさいっ」

コックリの指示どおりにタコの助が跳んだ。いや、ちょっとちがった。ユージーンではなく五十嵐に跳びかかったのだ。ひとりと一匹はステージ下に転げ落ちていく。ユージーンもなにがどうなっているのか、混乱しているようだ。右手に持つ銃をだれにむけていいのか、わからずにいる。

そのときだ。

ステージの端で、クックロビン・ツインズがひらりと舞うのが見えた。ふたり揃って片足を軸に三百六十度回転したかと思うと、頭より高くあげたもう片方の足の踵で、それぞれひとりずつ、警察官に化けた五月の蠅の側頭部に蹴りを入れた。信じられないほど見事に決まる。

つぎに反対側から、ぼすっと鈍い音と「うぐっ」とうめく声がした。そちらをむけば、トニーが自分の背後にいた五月の蠅にボディーブローを食らわしているところだった。その場に崩れ落ちる五月の蠅から、サブマシンガンをいともたやすく奪い取ると、トニーは即座に構えた。銃を扱い慣れているのがわかるスムーズな動きだ。そしてユージーンの足元に連射した。一瞬たりとも迷いがない。ユージーンは膝からへなへなと崩れ落ちていった。顔は蒼白になり、唇がわなわなと震えている。さきほどの勢いは微塵もなかった。クックロビン・ツインズが左右に立ち、ユージーンの腋の下に腕を入れて立たせる。

「五月の蠅の諸君、一列に並びたまえ」サブマシンガンを構えたままで、トニーが指図した。「無駄な抵抗はやめておいたほうがいい。罪が重くなるだけだ」

歯向かう者はひとりもいなかった。コックリの腕を摑んでいた五月の蠅も、その手をそそくさと離して、トニーの言葉に従う。フウ一族の警備隊が銃を構え、五月の蠅を取り囲む。すっかり形勢逆転だ。はじめからやろうと思えば、できていたことではないか。コックリは思う。だがユージーンにブリジットが絡み、そのうえコックリがしゃしゃりでてきたせいで、トニーはしばらく控えていたのかもしれない。

なんにせよ呆気ない幕切れだ。

と思いきや、まだつづきがあった。

ステージ間近にいた招待客達から悲鳴があがったのだ。だれかがBomb!と叫ぶのも聞こえる。

爆弾？　どこに？

「ちちちちがうんです」

五十嵐がむくりと起きあがった。ターバンもサングラスも外れている。顔がテカテカしているのは、タコの助に舐められたからだろう。要するにタコの助は五十嵐を襲ったのではなく、じゃれついたのだ。だが問題は服がはだけて、お腹に巻き付けた爆弾が、丸見えになっていることだ。しかも彼は誤解を解くつもりか、招待客達に近づこうとした。さらに悲鳴をあげ、慌ててみんなが逃げだす。そのパニックは瞬く間に広がっていく。

「ち、ちがいます。これは偽物です」五十嵐は床に転がっていたマイクを拾い、それにむかって言った。スピーカーから彼の声が会場中に響き渡る。「日本語じゃわからないか。デス・イズ・ナット・ア・ボムッ」

駄目だ。五十嵐がボムを強調したため、他の単語が耳に入らなかったらしい。招待客はさらなる恐慌に陥った。

「みなさん、どうぞ落ち着いて。リラックス、リラックス。デス・イズ・ナット・ア・ボムッ。フェイクボムッ」

五十嵐が言いおわらないうちに、爆発音が聞こえてきた。みんな頭を押さえて、かがむ。しゃがみこんでしまうひともいた。爆発音は二度、三度とつづく。しかしなにかが崩れ落ちたり、ひとやモノが吹っ飛んだり、ガラスが割れたり、火があがったりすることはなかった。

花火だ。全面ガラス張りのむこうで、花火が打ち上がっていたのだ。

「キレイだなぁ」

スピーカーから五十嵐の呑気な声が聞こえてくる。怯えていたひとびとも、徐々に自らの勘違いに気づき、花火を見上げるようになった。

五十嵐の言うとおり、とてもキレイだった。歌舞伎町の外付け非常階段で見る花火は、いつも遠くのほうで豆粒のように小さかった。でもいまのはちがう。ごく間近でつぎつぎとあがっているので、大きいうえに色のバリエーションが多く、ゴージャスだった。まさに百花繚乱《ひゃっかりょうらん》だ。つぎつぎとあがる花火を、コックリはぼんやり見上げていた。

ミミオにも見せてあげたいな。

「これ」ダー子がバッグを差しだしてきた。アンドリューとダンスを踊る前に預けたままだったのだ。

「あ、ありがとうございます」

「しばらくここにいなさい」

「あ、はい」

返事をしてから、しばらくとはどのくらいなのか、訊ねようとした。でもすでにダー子はステージを降りていた。ボクちゃんとリチャードもいっしょだ。三人ともコックリを見ている。そして揃って軽く手を振った。思わず振り返してしまう。三人が足早に去っていくと、五十嵐が慌ててあとを追いかけていった。

以来、コックリはコンフィデンスマンと会うことはなかった。

15

マリーナベイ・サンズには何度か訪れたことがある。だがいつもレイモンド様のお供だ。こうしてひとりで訪れたのは、今日がはじめてだった。チェックインしたのは夕方四時だった。部屋に入ってしばらくは、盗聴器や防犯カメラの類がないか、隅々までさがした。念のためというか傭兵だった頃からの習慣だ。身体に染みついて、やらなければ気が済まないのである。三十分かけて調べた結果、どこにもなにもなかった。

一息ついてベッドに座っていると、電話がかかってきた。タイミングがよすぎると思いながらも、受話器を手に取る。

「水島ミサコ様からお電話ですが、お繋ぎ致しましょうか」

「頼む」

そう答えるや否や、すぐさま聞き覚えのある声が耳に流れこんできた。

「トニーさん、おひさしぶり。どう、部屋は気に入っていただけたかしら」

「ああ」ひとりにしては広過ぎるし、窓の外の風景も何十年も見慣れたものだ。だがそれをいちいち言う気は起こらなかった。

ふたりきりで会ってお話ししたいことがあります。明後日、マリーナベイ・サンズにきていただけないでしょうか。部屋はご用意しておきます。

彼女から手紙が届いたのは二日前だった。ふたりきりというのは、けっして艶っぽい意味ではあるまい。警備隊などを連れてくるなと釘を刺しているのだ。

「それで？　きみはどこにいるんだ、ダー子さん」

不意に名前を呼ばれても驚きもせず、ダー子は電話のむこうで、小さく笑っただけだった。そしてトニーの質問に答えた。

「おなじホテルのべつの部屋にいます」

「きみもひとりか。リチャードにボクちゃん、それと五十嵐はいないのか」

「いません。つぎの仕事の準備にかかっていて、私ひとり、シンガポールに戻ってきました」

「私に会って話したいことがあるんだろ。どこで会う？」

「せっかちなんですね、トニーさんって」

「新当主のサポートをしなければならんので、いろいろと忙しいんだ」

「そんなの三姉弟に任せて、トニーさんは引退なさればいいのに。だいたいトニーさんって、レイモンド・フウの執事だったんでしょう？　ほら、いつだったか、クリストファーに、親父が死んだのにどうしてここに居座っているんだとかなんとか、言われていませんでした？　それでそうだ、跡継ぎが決まるまでが、私の仕事ですのでって、答えていましたよね」

よく覚えているものだ。だからといってトニーは感心しなかった。詐欺師は記憶力が勝負だからだ。

「ミシェル様に執事を頼まれたんだ」

「そうだったんですね。まあ、当然か」

「どこで会う？」トニーはふたたび言った。苛立ったのとはちがう。ダー子と早く会いたかったのだ。

「屋上にいらっしゃいません？」

「屋上って、天空プールか」

「そうです。いまからだとちょうど素敵な夕陽を見ることができますし。プールサイドのビーチチェアで並んでお話ししません？」

「わかった。そうしよう」

「では三十分後で」

独立記念日のパーティーは、五月の蝿の騒動が済んだあと、お開きとした。本物の地元警察が訪れ、物々しい雰囲気となり、招待客のみならずホテルの従業員達も落ち着きを取り戻すことがなかなかできず、続行するのが難しくなってしまったのだ。

玉璽授与のセレモニーは三日後、フウ一族の邸宅でおこなわれた。その模様は、テレビで生中継され、高視聴率を得た。ただしそこには水島ミサコことダー子の姿はなかった。独立記念日のパーティーがおわった直後に、行方をくらましてしまったのである。カトーと駆け落ちしたのだ。ミシェル宛で、ヘミングウェイホテルのスイートルームに水島ミサコの手紙が残されていた。そこには、これ以上、忍ぶ恋をつづけることはできない、レイモンド様を裏切る行為をどうぞお許しください、私は悪い女です、母親として失格です、といったことが綿々と綴られていた。

パーティープランナーとその助手、つまりリチャードと五十嵐は、五月の蝿の一味あるいは協力者の疑いで、いまだ見つかっていない。ただし彼らとの関与をユージーン達は否定している。

それからかれこれ二ヶ月以上経ち、十月もなかばだ。三姉弟はどうしているかと言えば、だれひとりA Farewell to Fu family. していなかった。それどころか、いまもフウ一族の邸宅で暮らしている。

ブリジットはやむを得ない。今後の人生は愛に生きるつもりで、どこか別天地でユージーンと暮らすはずだったのが、そうはいかなくなってしまったのだ。いまは独立記念日のパーティーに奇襲をしかけた五月の蝿、ユージーンを含めた総勢十五名の罪を軽くするため、弁護団を結成し、奔走している。それだけではない。フウ一族に対して不満を持つひと達と、公開質疑会を積極的におこなってもいた。ときにはその席で罵詈雑言を浴びながらも、ブリジットは言い返さぬまま、素直に耳を貸し、自分から解決策を提示することも珍しくなかった。トニーも何度か同席して、彼女が熱弁をふるうのを目の当たりにしている。レイモンドにそっくりなその姿を見て、トニーの目に涙が滲むことも度々あった。

ユージーンをはじめとした五月の蝿だが、トランプ仮面達を雇ったこととフウ一族の邸宅をドローンで襲撃した件についても、自分達の犯行だと自供していた。警察から流れてきた情報によると、ミシェルを狙ったわけではなく、フウ一族にダメージを与えるのが目的で、そこにたまたま居合わせた彼女を狙ったものの、いずれも失敗におわってしまった。そこで三姉弟とミシェルが揃う独立記念日のパーティーに乗りこみ、公開処刑することにしたのだという。計画はよくできていたとトニーはいまでも思う。フウ一族の邸宅のまわりに爆弾を仕掛けて、ホテルにもあるように思わせ、地元警察に化け、武器を持って潜りこんできたところまではいい。だがそのあとがグダグダだった。たったの十五人だけなのが、まず駄目だ。そのほとんどが軍隊経験はありながら、まったく活かされていなかったのも大きい。リーダーのユージーンが、指揮官の役目をまともに果たせず、壇上に立って演説をぶっていたのが、なによりもマズい。彼にしたところで、本気で公開処刑をするつもりだったのか、トニーは疑っている。やろうと思えばいくらでもチャンスはあったのだ。いざその場になったら、怖じ気づいたのだろう。そしてブリジットに絡まれたり、ミシェルに説得されたりしているうちに、自分の気持ちが揺らいだにちがいない。偽蠅の王が乱入してきたときには、むしろ助かったと思ったのではあるまいか。

偽物はさておき、本物の〈蠅の王〉はまだ見つかっていない。それというのも、五月の蠅は〈蠅の王〉と会ったことがないのだ。メールのやりとりのみで、あとは定期的にユージーンの口座に活動資金が振り込まれていた。ちなみに彼は留置場で木炭画を描いているらしい。画材道具をブリジットが差し入れたのだ。

クリストファーはいまもまだ、フウ一族のグループ会社のひとつである建設会社で働いていた。独立記念日の翌日、クリストファーから改めてヘミングウェイ博物館に電話をかけてたしかめたところ、そんなメールを送った覚えはない、そもそもここにはジェシーなどというアメリカ文学者は訪れていないし、未発表原稿の鑑定なども依頼されていないと言われてしまったのだ。ジェシーも未発表原稿も消えてしまったのである。あまりのショックにクリストファーは寝込んでしまった。ところが二日後、未発表原稿がスーツケースと共に戻ってきた。フウ一族の邸宅に送られてきたのだ。ただし差出人は名前も住所も出鱈目《でたらめ》だった。そして改めてクリストファー自らがヘミングウェイ博物館に足を運び、鑑定を依頼した。結果は偽物だった。クリストファーは落ちこみながらも、ヘミングウェイ熱は冷めなかった。いまもまだヘミングウェイの読書会を定期的に開いており、ヘミングウェイについての論文を書きはじめているのだと、ミシェルに話しているのをトニーは耳にしたことがある。

アンドリューはシンガポール市街に社交ダンススクールを開校した。ふたたび世界でトップを目指すとは言っていたものの、まずは自分で稼がないと、とはじめたのだ。金銭的な意味では、フウ一族とは無縁になったものの、いまだ邸宅には暮らしており、ミシェルにダンスのレッスンをつづけていた。彼だけでなく、ブリジットとクリストファーも、ミシェルに勉強を教えている。昔のように連日ではない。ミシェルは三人にも増して忙しいため、いずれも週に二、三回、長くて二時間程度に過ぎない。それでもミシェルの吸収力はたいしたものだった。一を聞いて十どころか二十、三十とわかってしまう。トニーがフウ一族について説明するときも理解が早く、質問を矢継ぎ早にしてくるのが常だった。

フウ一族の当主として、式典やパーティーに出席していくうちに、人気も高まり、そばにいると、ミシェルの輝きが日増しに強くなるのが、トニーにはわかった。そうなると不思議と三姉弟の評価も上昇し、フウ一族を批判する声は日毎に小さくなった。『A Farewell to Fu family.』の貼り紙はほとんど剝がされ、ビラも配られなくなった。すべてはミシェルのおかげだ。彼女は気品と愛らしさを兼ね備え、なおかつどれだけ難しい問題であっても、きちんと嚙み砕き、わかりやすくスピーチできた。取材や会見で不意の質問をされても、当意即妙に応える。それでいながら、ときには英語の単語がでてこずに、日本語で「いけね」とか「やべ」とか「マジで?」とか呟く場面もあったものの、それで却って親しみを感じさせた。最近では彼女のこの日本語が、流行になっているほどだ。そしていつしか、彼女にあだ名がついた。

カブキチョー・プリンセスだ。

そんなミシェルが十七歳本来の笑顔を見せるときがある。邸内の庭でタコの助相手に、バッティングをしているあいだは、屈託なく声をあげて笑っていた。

トニーさんもいっしょにやろ。教えてあげるよ。

そう誘われたこともあったが、丁重に断った。五十歳近く年上にもかかわらず、十七歳の彼女と同い年みたいに照れてしまったのだ。もちろんそんな気持ちを表にだすような真似はしなかった。

カキィイン。

金属バットでボールを打つ音が、ミシェルは大好きだと言った。その横顔を見ながら、この子もやがて恋をするのだろうかと、トニーはぼんやり思った。

「トニーさん、こっちこっちぃ」

ダー子が手招きして、日本語で呼んでいる。約束の時間よりも五分早かったが、彼女はすでにプールサイドのビーチチェアを陣取っていた。上は花柄のハイネック、下は白でスカート仕様のビキニだ。思ったよりもスマートな身体つきで、肌に張りもある。まだ二十代なかばといっても通りそうだ。

「なにお呑みになります？　私はシンガポールスリングですけど、おなじものにします？」

これまた日本語だったので、トニーは日本語で答えた。

「私はジントニックでいい」

ダー子が手を挙げ、駆けつけてきたウェイターに、「ジントニックとシンガポールスリングをもう一杯」と頼んだ。さっさと用件を話せと思わないでもない。だがこうして女性とふたりきりでお酒を呑むのは、ひさしぶりだ。少しはこの状況を楽しもうと考え直す。すると見慣れたシンガポールの風景も、いつもとは少しちがうように見えた。

「ミシェルは元気ですか」

「ああ」白球を打つミシェルの姿を思い浮かべながら、トニーは頷いた。「きみに会いたがっているよ。なんならいま、ここに呼んでもいい」

「あの子の人生には、私なんてもう必要ありません」

「じつの母親なのに？」

「じゃないってことは、トニーさん、ご存じなんでしょう？　リチャードにボクちゃん、それと五十嵐の名前まで把握しているわけですから」

　ウェイターが運んできた注文の品をダー子が受け取り、ジントニックをトニーに渡す。そしてふたりで乾杯をした。

「私達の正体がおわかりになったのはいつか、教えていただけますぅ？」

　ダー子は甘えた声をだす。若い不倫相手が、宝石かなにか高額なモノをねだっているようだ。日本語がわからなければ、そう勘違いされて当然だろう。実際、そばにいた子ども連れの金髪の女性が、軽蔑のまなざしをこちらにむけている。

「はじめからだ」やれやれと思いながら、トニーはビーチチェアに横たわる。ダー子は隣のそれに腰かけたままだ。脇には小さめのかごバッグを置いていた。「マーライオン公園のスタバできみ達ふたりと会ったときには調べはついていた。あのコンフィデンスマンだと確証するまでに一ヶ月は要したがね」

「やっだぁぁぁ」ダー子はケラケラ笑った。「それじゃあ、独立記念日までの三ヶ月間、私がお母さんとか呼ばれるのを見て、そんなわけないだろって、思っていたってわけですよねぇ。チョー恥ずかしいっ」

「一度たりとも地をだすことがなかったのは、たいしたものだった」

「どうしてぇ黙っていたんですぅ？　つまりはぁ、私達を利用したってことですかぁ」

「お亡くなりになる二週間ほど前、病床のレイモンド様は、私を呼びつけ、あるプランをお話しになったのだ。生き別れの娘をでっちあげ、フウ一族の財産はすべて、その人物に相続させる。そのときにはすでにご自身で遺言書をおつくりになって、サインまでなさっていた」

「なにそれぇ。マジ信じられなぁい」

「私もそう思った。でもレイモンド様はこれが最良の手段だとおっしゃったのだ。そうすれば世界中から生き別れの娘を名乗る詐欺師が大勢訪れるにちがいない。その中でいちばん優秀な人物に継がせればフウ一族は安泰だと」

「それでトニーさんは納得したの？」

「納得はしない。でもユニークな考えだと、その話に一か八か、乗ることにしたのだ。とはいえレイモンド様の喪が明けるまでにそうした人材が現れなければ、三姉弟で三等分しようと思っていた。するとそこに世界屈指の詐欺師チーム、コンフィデンスマンがやってきた」

「世界屈指だなんてぇ。随一ですよぉ。ははははぁ」

「正直、ミシェルに化けたあの子に会ったときには落胆した。こんな子が跡継ぎになれるはずはないとね。だが世界屈指、いや、世界随一の詐欺師チームが選んだ子であれば、なにかあるにちがいないと三姉弟各々の得意分野で特訓してもらうことにした。するとどうだ、あの子は目覚ましい成長を遂げていった。それだけではない。三姉弟の心も溶かしてしまった」

「あなたもじゃなくて？　トニーさん」

「きみもだろ？　だから最後の最後、彼女を連れていかず、フウ一族に残した」

「あの子は私達の仕事にはむいてなかったんです。だから置いていきました」

「きみも母親として残ればよかったのに」

「ご冗談を。あの子は本物になれた。でも私はなれません。どこまでいっても偽物です」

「だからといってあんなに突然いなくならなくてもいいだろ。ミシェル様はたいそう悲しがっていた」

「それはまあ、あの子には可哀想なことをしたとは思いますよ。でもこれが最善の方法だったんです。あれ以上、長居をしていたら、消えるタイミングを失ってしまいますもん」

「きみ自身、ミシェル様と別れ難かったのではないかね」

「バレちゃいました？　鋭いなぁ、トニーさんは」

「いまからでも遅くはないぞ。カトーと別れてきたことにして、フウ一族に戻って、ミシェル様の母親を演じつづけてみたらどうだ？　それともなにか。きみとボクちゃんは、実際にそういう仲なのかね」

「やっだぁあ、トニーさんったらぁ」ダー子はトニーの胸を手で叩いた。「そんなの言えっこないでしょう。ヒミツですよ。ヒ・ミ・ツ」

酔っ払っているのか、あるいはフリをしているのか、さだかではなかった。ダー子自身、わからなくなっているかもしれない。顔が真っ赤なのはまだしも、ロレツも怪しくなっていたのだ。

「はいはいはいはいはい」その必要がないのに、ダー子は手を挙げる。「私から質問。いいですかっ」

「いいが、答えるかどうかわからんぞ」

「イジワル言わないでくださいよぉ。最初から正体がわかっていたってことはぁ、日本国大使館の職員に扮していたのも五十嵐だと承知の上だったんですかぁ」

「そうだ。ここで尻尾巻いて逃げるのも仕方がないと思っていたがね。まさかあんなトランプ仮面の集団があらわれるとは思ってもなかった」

「なんだ、そうだったんだぁ。私はトニーさんの差し金だと思ってましたよぉ」

「なんでだ？」

「だって本物の〈蝿の王〉はトニーさんでしょ？」

「どうしてそう思う？　なにか証拠があるのか」

「証拠はありません」ダー子が突然、話し方を切り替えた。目つきもちがう。まるで犯人に詰め寄る探偵のようだ。「三ヶ月のあいだ、トニーさんを見ていて思ったんですよ。このひとはレイモンドには忠誠を誓っていた、でも、いや、だからこそいまの巨大になり過ぎて統制が取れなくなったフウ一族を快く思っていない、はっきり言えば嫌いじゃないのかなって。A Farewell to Fu family. というのは、トニーさんの心の叫びだったんじゃありません？」

答えを待つダー子を横目で見つつ、トニーはジントニックを啜った。

「惜しいな」

「と言いますと？」

「たしかにきみの言うとおりだ。だが私以上にフウ一族を快く思っていない人物がいた」

「それってまさか」ダー子は大きく目を見開く。「レイモンド？」

「そうだ。A Farewell to Fu family. はレイモンド様の心の叫びだ。だから地下組織に活動資金を援助し、あの言葉のポスターをシンガポール中に貼らせ、ビラを配らせた」

「そんなのどうかしていません？」

「きみはどうだ？　自分がしていることに疑いを持ったことはないか？」

「ありませんって」ダー子ははっきり答えた。「自分を疑っていたら、詐欺師なんてやっていけません」

なるほど。だからこそ詐欺師として、世界随一になれたのだろう。

「レイモンド様が亡くなってから、資金援助をつづけていたのはたしかに私だ」

「それは生前に頼まれたんですか」

「いや。お亡くなりになったあと、レイモンド様が別名義で振り込んでいる口座があった。調べたらユージーンに辿り着いた。きみも知ってのとおり、彼には過去、酷い仕打ちをしたので、資金援助には償いの気持ちもあった。ただしユージーンがえらいのは、そのお金を着服せずに、きちんと五月の蠅の活動に使っていたことだ」

警察から流れてきた情報である。

「独立記念日のひと月前に、ユージーンはアンドリューに会ったとき、ブリジットを描いた絵を渡しただけでなく、いまとなっては偽物だと判明したヘミングウェイの未発表原稿の在り処を教えたんでしょう？」

「よく知っているな。どうやって調べた？」

「調べたわけではありません。独立記念日のパーティーのとき、ミシェルになにかあっては困ると、本人も気づかないよう、彼女のイヤリングに盗聴器を仕掛けておいたんです。あの子、アンドリューと踊っているあいだ、彼にいろいろ訊いていたので。これまたなんの証拠もないことですけど、ユージーンにアンドリューと接触するように命じたのは、トニーさんではありません？　つまり蠅の王として彼にメールを送ったわけです。ブリジットにユージーンの居場所を教えたのは、たしかにミシェルではありました。でもあの子が言わなければ、あなたが示唆していたのではないですか」

「ああ」

「それはやはりブリジットとクリストファーに、よそに目をむけさせ、相続を放棄させるためですか」

「そのとおりだ」

「でもそうなると、よくわからないのが独立記念日の一件です。あれはトニーさんが命じたわけではないですよね」

「どうしてそう思う？」

「元傭兵が計画したとは思えない、杜撰《ずさん》でお粗末な戦略だったからです。地元警察に変装して乗り込んでくるまではよかったものの、あとはグダグダでしたもん。実戦の経験がない者がたてたとしか思えません」

「よくわかっているじゃないか」トニーは思わず笑ってしまった。「詐欺師なんかやめて、探偵になったらどうだ？」

「嫌ですよ。探偵よりも詐欺師のほうが儲かりますからね。おなじ頭を使うんだったら詐欺師にします」

　それはそうか。

「トランプ仮面もドローンも、彼らの仕業とはわかっていた。そこで私は蠅の王として、五月の蠅に忠告したのだ。〈己の手を汚さないのは卑怯者のすることだ。これ以上つづけるのであれば援助を絶つ〉とね。これが却ってまずかった。自分達の手でやらねばならないと、奮起させてしまったんだ」

気づけばジントニックが空になっていた。

「おなじモノにします？」ダー子が訊ねてきた。彼女もシンガポールスリングを呑み切っていた。

「そうしてくれ」

かれこれ三十分以上は話をしているだろう。夕闇が迫ってきている。どうせ見慣れた風景と侮っていたものの、改めて見ると壮観だった。

「他に質問はあるかね」

「ジェシーが私と同業者だってことは」

「知っていたよ。きみ達を調べているうちに、見つけたんだ。あの偽物にヘミングウェイの未発表原稿としての真実味を持たせるために、私が雇ったんだ。ジェシーとしては、コンフィデンスマンの鼻を明かしたいという気持ちもあったらしい」

「その偽物がスーツケースと共に、フウ一族の邸宅に送られてきたってほんとですか」

「よく知っているな」

「ちょっと調べさせてもらいました」

もしかしたらフウ一族の邸宅に、コンフィデンスマンの仔猫ちゃんがいるのかもしれない。トニーはそう思ったものの、いまは詮索しないでおくことにした。

「どうして偽物が戻ってきたのかはわからん。その後、ジェシーと連絡が取れないんだ。いまとなっては用がないので、さがしておらんが」

「ああいうチンケなヤツに限ってしぶといですからね。どこかでなんとかやっていますよ。それよりもっと肝心なことがあるんです」

そう言いながら、ダー子は脇にあったかごバッグから、なにやら取りだし、トニーの腹の上に置いた。玉璽だ。「これ、お返しします」

「どうしてだい。わざわざ偽物までつくって、すり替えて盗んでいったのに」

いつすり替えたのか。たぶん五月の蝿の騒動の真っ最中だ。ユージーンが自棄《やけ》を起こして、ガラスケースを銃で撃ったため、玉璽が丸出しになった。そのときこれ幸いと、ダー子がやったにちがいない。モノが手に入ったら、長居は無用だ。だからこそあんなに突然、姿をくらましたにちがいない。

「ブラックマーケットで売り払おうとしたところ、鑑定士に古くてもせいぜい七、八十年前で、しかも鉛に金メッキを塗りたくっただけのなんの価値もない偽物だ、これならばカプセルトイや食玩のほうがまだ価値があるとまで言われました。最初、私はとんでもないヘマをやらかしたと思ったんです。衆人環視の前にだすのに本物の必要はない。セレモニー用の偽物が準備されていて、それを盗んできたのかと。ところがテレビ中継で見たのは、私達が発注してつくらせた偽物にちがいなかった。

つくった本人にも確認したのでぜったいです」

「間違いない」笑いを堪えるのにジントニックを一口呑んでから、トニーは話をつづけた。「きみ達がつくってくれた偽物のほうが、ずっと出来がよかったよ。テレビ中継でアップになっても、本物の金の輝きを放っていたからね。たいしたものだ」

「だったら本物はどこか、教えてもらえませんか」

「教えてあげてもいい。だがその前に、きみの意見を聞かせてくれないかね」

「本物などどこにもない。クリストファーは曾曾曾祖父だか曾曾曾曾祖父の頃に盗難にあったのを、ここシンガポールで富を得た曾祖父、つまり三代前の当主のマオ・フウが独立後に買い戻したと話していました。だけど盗難になどあっていない。そもそもフウ一族の当主だけが代々受け継いできた王の印なんてものはなかった。さらに言えば、フウ一族はマオ・フウがでっちあげたものだった。ちがいますか」

「どうしてマオ・フウは、そんな真似をしたのだろう」

「中国古来の家系であると名乗れば、この国で信用を得られ、大きな商談もスムーズに進めることができた。はじめはちょっとした出来心だったのかもしれません。だが財を成していくうちに、嘘だと言い辛くなり、ついには玉璽までつくってしまった」

「少しちがうな。私がレイモンド様から聞いた話だと、ある取引相手に、フウ一族など嘘にちがいない、証拠を見せろと言われ、その場しのぎにこの玉璽をつくったそうだ。そしてまんまと相手を騙し、いまの一千億ドルに相当する稼ぎを得られたらしい」

「そのことを三姉弟は」

「知らんよ。あのお三方も世間とおなじように、フウ一族が中国古来の家系だと信じている。レイモンド様にはばらす必要はないと口止めをされた」

「そんな大事な話をどうして、私なんかにしたんです？」

「詐欺師の嘘はだれもが信じる。でもほんとのことを言ってもだれも信じない。一流であればあるほどにね。世界随一であればなおのことだろ？」

「ははは。こりゃ一本とられましたな」ダー子は自分の額をぴしゃりと叩いた。まるでオッサンだ。「でもその伝でいったらですよ。フウ一族の三代前の当主、マオ・フウって、私と同業者ってことになりません？　一流の詐欺師だったからこそ、フウ一族なんて嘘がまかり通ってしまったわけです。いや、まったくたいしたもんだ。おじいちゃんが一流の詐欺師だと知っていたから、レイモンドは生き別れの娘をでっちあげ、群がる詐欺師の中からフウ一族を継がそうとしたんでしょう？　だったら合点がいきます。トニーさんもマオ・フウの秘密を知っていたから協力を厭わなかったんですよね」

「そのへんはきみの想像に任せるさ」

「だったらトニーさん。こっから先は私の想像どころか妄想なんですけど聞いていただけます？」

〈詐欺師の妄想〉か。小説のタイトルみたいで面白そうだ。

「聞かせてくれ」

「偽物だとわかったヘミングウェイの未発表原稿って、もしかしてマオ・フウがつくったんじゃありません？　アンドリューが日本のヤクザにあげたピカソの絵もです。もしかしてレイモンドの妻がイギリスから運んできた芸術品の数々の大半がそうかもしれないなぁ。つまりですね、詐欺師であった頃のマオ・フウにとって、レイモンドの奥さんのお父様はオサカナだったわけです。英国貴族の放蕩息子だった彼に、贋作を山ほど売りつけて金儲けをしていた。たぶんシンガポールに乗り込む前、まだマオ・フウと名乗っていなかった頃かもしれないなぁ。でね。それから何十年か経って、マオ・フウは自分のオサカナだった英国貴族がすっかり落ちぶれたことを耳にして、珍しく罪悪感にとらわれた。するとちょうど英国貴族には年頃の娘がいた。自分の孫とさほど変わらぬ歳である。そこでふたりを結婚させることにした」

ダー子の話を聞いているうちに、トニーは心穏やかではなくなってきた。だがそれを顔にだすような真似はしない。

「妄想というよりもおとぎ話だな」

「おとぎ話であれば、それぞれの孫と娘は結婚して幸せに暮らしました、でハッピーエンドでしょ。でも残念ながらそうではなかった。なにしろ妻は不倫相手と事故死するわけですからね。とんだバッドエンドです。それとこの話、妄想とはいえ、まるきり事実無根でもないんですよ。なにか思い当たることはおありになりませんか、トニーさん」

あった。

「あなたはクアラルンプールの郊外のスタバで、とある女性にお会いになり、〈Fu〉と署名が入った手紙を受け取った。そして彼女に十万マレーシア・リンギットを支払う約束をしましたね」

あの日、尾行がいると気づいてはいたのだ。ただし視線は感じながらも、だれかは特定できなかった。やはり取引は先延ばしすべきだった。しかし足が悪いのにわざわざ訪れた相手に申し訳なかったし、ふたたびクアラルンプールまでいくのが面倒だったというのもある。

「私達はその女性こそが、バリ島でレイモンドと逢瀬を楽しんでいた相手ではないか、あなたが買い取った手紙には、ふたりの関係についてなにか綴られているかもしれないと思っていました。でもそうではなかったんです」

「彼女に手紙について訊いたのか」

「いえ。そのつもりで、あなたと別れたあとの彼女に尾行を試みた者がふたりいたんですけどね。見失っちゃったんです。ヒジャブを巻いてて顔が見えなかったうえに、杖をついたひとが他にもいて、そっちについていっちゃったんですって。やんなっちゃいますよ、まったく」

「ではどうやって手紙の内容を知った？」

「トニーさんが読んでいるのを、覗かせていただきました」

「あのスタバでか」

「そんなわけないでしょ。フウ一族の邸宅でです。トニーさん、自分の部屋で、あの手紙、読んだことがあるでしょう？　その模様を監視カメラがばっちり捉えていたんです」

監視カメラで捉えた映像は三ヶ月ものあいだ、保存されている。その映像を手に入れたのか。でもどうやって？　と考える間もなく気づいた。ボクちゃんだ。警備隊の仕事の一環で、警備室でのモニター監視があった。保存した映像データを確認するのはごくたやすいことだ。カメラは最新型の最高級品で性能がいい。手紙の文字もズームアップすれば、じゅうぶん読めてしまう。そんなものをだれが設備したかと言えば、トニー自身に他ならなかった。

「〈Fu〉の署名はレイモンドの筆跡にそっくりでしたが、祖父のマオ・フウのものだったのです。手紙は没落した英国貴族の放蕩息子宛に送ったもので、その内容はさきほど私が話したとおりです。これがわかればじゅうぶんだったので、杖をついた女性をさがすのはやめました」

クアラルンプールの郊外に暮らす親切なマダムだ。マレーシアの骨董屋でアンティークの化粧台を購入した際、その引き出しにその手紙を見つけると、マダムはフウ一族にメールで連絡してきたのだ。手紙は郵送で返すとのことだったが、トニー自ら受け取りにいくことにした。事と次第では彼女を始末するつもりでもあった。でもその必要はなかった。マダムは穏やかでいいひとだった。世界一静かなスタバを待ち合わせ場所に選んだのも彼女で、店員と手話で会話したトニーを褒めてもくれたうえに、こう言ったのだ。

中身を読んで驚きはしましたけどね、言いふらす気はさらさらありませんのよ。どんな家族にもナイショにしたいことはありますもの。

それでもトニーは口止め料を提示した。

へそくりにしては多過ぎるけど、頂いておくわ。そのほうがあなたも安心でしょう？

「フウ一族の秘密を知ったいま、きみ達コンフィデンスマンはどうするつもりだ？」

「やだな、トニーさん。私の話、聞いてました？　マオ・フウの手紙や杖をついた女性は存在するかもしれない。でもこれはあくまでも私の妄想に過ぎません」ダー子はすっくと立ち上がる。「私、いきますね。じつはもうチェックアウトしてて、このまま帰るんで」

「詐欺師に帰る場所なんてあるのかね」

「仲間の許に帰るってことです」

なるほど。

「これ、記念に持ってってくれ。私が持っていると、ややこしいことになる」

「わかりました」トニーの差しだす玉璽をダー子は受け取り、かごバッグに収める。

「ミシェルのこと、よろしくお願いしますね」

「任せてくれ」

「それじゃ」

ダー子はプールにそって、大股で歩いていく。シンガポールスリングを三杯呑んだはずだが、少しもふらついていない。その姿は夕焼けに溶け込むように見えなくなった。

16

カキィイン。

イイ音だ。金属バットでボールを打ったときのこの音が好きです。そう言っていた少女のことを、赤星栄介は思いだす。歌舞伎町にあるこのバッティングセンターでときどき会っていた女の子だ。お互い名乗りあったことはない。でも赤星栄介は彼女がヤマンバの許で暮らす、コックリだと知っていた。お人好しのウメの娘であることもだ。調べたわけではない。なんとなく耳に入ってきたのだ。でも彼女をコックリ、あるいは本名のこころと呼んだことはない。彼女は赤星栄介をコーチと呼んでいた。

今年の春、ここでストラックアウトの勝負をおこない、コックリに八対七で負け、自販機のアイスを奢らされた。それからしばらく会っていなかった。珍しくはない。彼女と会うのはいつも偶然だ。二日連続で会うときもあれば、四ヶ月以上会わないときもある。だがアイスを奢ってからひと月ほど経って、ある噂を耳にした。ヤマンバが彼女を売ったというのだ。しかも買い手はダー子らしい。赤星栄介はほっとした。ダー子であれば、コックリをヒドい目にあわすこともあるまいと思ったからだ。少なくともヤマンバの許にいるよりもマシである。

でもやはり気になった。そこで信用できる探偵を幾人か雇い、コックリをさがさせた。ところがなかなか見つからない。そうなると赤星栄介は意地になった。正直言えばコックリが心配でたまらなくなったのだ。そこで金に糸目をつけることなく、日本国内のみならず世界の隅々までさがさせた。やがて信じ難い情報が飛び込んできた。先だって亡くなったフウ一族の当主、レイモンドの隠し子が、コックリそっくりだというのだ。しかも次期当主になるかもしれないという。

その事実を確認するため、赤星栄介は自ら、フウ一族の次男に連絡を取った。その隠し子の写真でもメールかなにかで送ってもらおうと思ったのだ。その話を切りだす前に、隠し子の母親は日本人らしいが、どこで暮らしていたのだろうと訊ねると、アンドリューからカブキチョーだという答えが返ってきた。さらにはアンドリューが二日後の独立記念日に開かれるパーティーで、隠し子が次期当主に決まると話した。ならばこの目でたしかめようと、パーティーに参加させてほしいと頼んだところ、アンドリューは快く了承してくれた。パーティーは盛装で、しかも必ず赤い服を着てくるよう、釘を刺された。

隠し子はミシェルといった。だが彼女の許には入れ替わり立ち替わり、大勢のひとが挨拶していたため、なかなか近づけなかった。遠目で見て、コックリだとはわかったが、べつのことに驚いた。ミシェルの母親だという人物が、ダー子だったのだ。さらに警備としてボクちゃんまでいっしょにいた。殺したいほど憎いヤツらだ。でもここで殺すわけにはいかない。

その後もコックリとは接触できず、彼女とアンドリューのダンスがはじまった。これに赤星栄介は度肝を抜かれた。アンドリューが社交ダンスで、過去に世界ランキングトップになったのは知っていた。そんな彼を相手に、あのコックリが見事な踊りを披露していたのだ。思わずスマートフォンで撮影してしまった。これだけでもよしとするかと思っていたら、あの騒ぎだ。あれはいったいなんだったのだろう。

五月の蝿とやらもすべて、コンフィデンスマンの仔猫ちゃんだったのか。

壇上でダー子が玉璽を偽物とすり替えたのに、赤星栄介は気づいた。そして彼女にボクちゃん、リチャード（変装していたが、すぐに見破った）がステージを降りて、さらに五十嵐がついていったのも見逃さなかった。そのあとを追いかけようとしたが、できなかった。デヴィ夫人にそっくりな女性に摑まって、ブローチを落としたので、いっしょにさがしてほしいと言われてしまったのだ。

待てよ。まさかあのデヴィ夫人もどきも、ダー子達の仔猫ちゃんだったのか。

疑いだしたらきりがない。

独立記念日の翌日、アンドリューから連絡があった。よかったらフウ一族の邸宅にこないかと誘われたのである。当主になった妹が、きみをカブキチョーで何度か見かけたらしい、できれば会って挨拶がしたいとも言われた。一瞬、迷った。しかし急いで日本に帰らなければならないので、またの機会にと断った。あの子はもうコックリではない。ミシェルなのだと悟ったからだ。

そのあとだ。シンガポールの空港で、珍しい男にあった。ジェシーだ。むこうから話しかけてきたのである。その馴れ馴れしさに腹が立った。思えば昨年、香港で偽物のダイヤを二億香港ドルで、ダー子に売りつけられた責任の一端はこの男にあるのだ。それを思いだした途端、いてもたってもいられず、ぶん殴ってやった。薄汚いスーツケースを持っていたので、それはなんだと訊ねたところ、ジェシーはべそをかきながらこう答えた。

これはフウ一族からのいただきもので、ヘミングウェイの贋作原稿でして、なんの価値もないのですが、今後なにかに使えると思って。

詐欺師が贋作だと言ったら、本物にちがいない。奪い取って、空港から宅配便でフウ一族の邸宅へ送り返しておいた。

「これ」帰り際だ。受付のアンチャンが赤星栄介に近寄ってくるなり、封書を差しだしてきた。「ここ宛に届いたんスけど、たぶんあなた宛だから渡すようにって、支配人に言われたんで」

赤星栄介は宛名を見た。たしかにこのバッティングセンターの住所の左隣に『コーチ様』と書いてある。裏返して差出人を確認する。『こころ』とあった。受付のアンチャンに礼を言い、自動販売機が並ぶスペースまでいき、封を開けた。

〈コーチ、お元気ですか。あたしは元気です。だけど毎日、たくさんのひとに会って、たくさんのことをこなさなければなりません。こんなにひとに頼まれたり頼られたりする人生が訪れるとは思ってもいませんでした。歌舞伎町でひとりぼっちで暮らしていた頃に比べれば幸せですが大変です。ときどきパンクしてしまいそうになります。そんなときコーチがはじめて教えてくれた言葉を、不意に思いだしました。

構えたときから、ずっと脇を締めていたら駄目だ、打つ瞬間にだけ脇を締めればいい、そうすればより強い打球が打てる。

これはバッティングについてです。でも人生全般に言えることではないかと、最近思うようになりました。ふだんから力んでいても疲れるだけだ、ここぞというときに事に臨めということだと勝手に解釈して、自分に言い聞かせています。そうすると不思議とリラックスできるんです。ほんとです。

コーチのことはダー子さん達から聞きました。ほんとは悪いひとだったのは、ちょっとショックでしたが、あたしにとって、コーチはコーチでしかありません。ダー子さん達が憎い気持ちはわかります。許してあげてほしいなんて、差し出がましいことは言いません。でもできればこれからは寛容な心でダー子さん達に接してください。やっぱり差し出がましいことを言ってしまいました。許してください。でも差し出がましいついでに、コーチにお願いがあります。できれば悪いことで稼いだお金をいいことに使ってください。そしてこれからはいいことで稼ぐようにしてくれたらうれしいです。

マーライオンより歌舞伎町のゴジラに会いたいときがあります。コーチとも会いたいです。会う場所はやはり歌舞伎町のバッティングセンターがいいです。コーチにストラックアウトでまた勝って、自販機のアイスを奢ってもらおうと思います。その日のために、毎日、バッティングの練習をしています。コーチからもらった無料券は大切に取っといてあります。あたしにとってコーチとの思い出であり、お守りです。それではコーチ、身体に気をつけて。いつかまた会える日を心から楽しみ

にしています。〉

手紙を読みおわったあと、世界が歪んで見えた。

それは自分が泣いているからだと気づくのに、赤星栄介は少し時間がかかった。

この作品は、映画「コンフィデンスマンJP　プリンセス編」の脚本を元に山本幸久氏がアレンジし小説化したものです。

コンフィデンスマンJP
プリンセス編

脚本／古沢良太　小説／山本幸久

2020年4月5日　第1刷発行

発行者　千葉 均
発行所　株式会社ポプラ社
〒102-8519　東京都千代田区麹町4-2-6
電話　03-5877-8109(営業)　03-5877-8112(編集)
ホームページ　www.poplar.co.jp
フォーマットデザイン　bookwall
校正・組版　株式会社鷗来堂
印刷・製本　凸版印刷株式会社

N.D.C.913/263p/15cm　ISBN978-4-591-16661-1

P8101403